People

in

Taipei

臺北人

WU YI-PING

吳毅平

臺北人也不曾留意的
臺北小事

天生註定，我不但是臺北人，甚至可說是「純種」臺北市人。我的父親以及他的父母也是臺北市人，住在萬華；我的母親以及她的父母也是臺北市人，住在長安西路。從幼稚園到大學，學校都在臺北，也沒出國留學鍍金。當兵時，家裡不是達官貴人，無法在位處臺北市的國防部打卡上下班，不過竟也被分發到林口，按當時官方地理劃分，算是臺北縣林口鄉。退伍後從事媒體工作，辦公室地點當然設在臺北。我今年四十歲，沒有豐功偉業的人生，如果真有鄉愁，那竟是被人視為「天龍國首都」的天母。

現在的天母有新光三越高島屋SOGO，有電影院與棒球場，還有一群喜歡開車不要捷運的好野人。但我小學一年級時搬到蘭雅國中對面，那裡全是稻田，可以穿過田埂走到忠誠路去等公車。從我家五樓後陽臺往下看，可以看到收割打穀，田邊還有養豬場，豬隻被抓上卡車時的慘叫哀號，附近住家都清晰可聞。

現在的高島屋百貨原來也是稻田，還辦過插秧比賽，電視新聞有來拍。棒球場原來是一大片空心菜田，我曾跟同學在旁邊的大排水溝釣田蝦，釣這種蝦子無需任何技巧，拿一條棉繩綁一塊肉放進水裡，蝦子就會用大夾子夾住肉，拉上來就行。我曾從家裡冰箱偷拿了一塊豬肉去釣，收獲了十幾隻，旁邊種菜的阿婆罵我浪費，竟然拿瘦肉來釣蝦，啊我們家就只有瘦肉啊！不然怎麼辦？

以前士東路底的東山路還沒通到文化大學，那裡像荒山一樣，但有一區林立許多高級別墅，我們一群小朋友常騎腳踏車去看楊麗花與洪文棟的家。

跟許多有眷村的兄弟們可以想念、或是把老爸是賭徒老媽是紅玫瑰的家庭衝突故事寫成書的多位作家比較起來，我的人生簡直極度無聊。小時候，媽媽每天煮三餐，爸爸每天回家吃晚飯、我每天準時帶便當上學。家裡沒人打麻將喝酒賭博坐牢，我念書沒留級過、沒重考過，甚至沒讀過私立學校，更沒有跟人打架或離家出走的冒險故事。

偶爾會考進前三名，但永遠比不上那個後來真的考進臺大醫科的同學，偶爾會當上模範生，但跟那幾位聯考跳級又去參加科展得名的還差很遠，卻也都跟著他們一起戴上厚重的眼鏡，一起成為沒有運動專長的書呆子。

高中時沒參加校刊社當憤青，大學時沒住過宿舍、沒租過房子、沒跟人同居。所有臺北文藝青年需要朝聖的地方，如國際學舍、中華體育館、西門町、中華商場、木船西餐廳、北淡線火車、牯嶺舊書街等，我大概只去看過一眼或完全沒去過。

我的臺北人生可說沒有任何了不起的大事，但也許正因如此，我的腦袋裡可以裝進許多完全不需要記得的小事。例如幼稚園老師的名字、小學同學家的地址與電話、國中升旗時臺上司儀女生的長相等。直到長大成為攝影記者，終於有機會、或是被迫參與了許多大事：地震、空難與火災；進去許多一般人去不了的地方：潛水艇、總統官邸與養豬場。最後還是覺得，可以合法站在第一排看熱鬧實在不是我的專長，而在工作時間以外，公園裡、馬路上，平凡人的無聊舉動反而吸引我的目光。最後只好辭掉工作，帶著相機，臺北街頭到處亂晃，拍貓、拍人。

這，算是一種懷舊嗎？既然沒有遠方老家的鄉愁可以拍，我只好拍拍身邊的東西。出門買便當、倒垃圾、騎機車去買雞排、一早起來去把昨晚停在紅線上的車子移到一個不收錢的車位時，我都會帶著相機。

雖然百分之九十九的時間，我的相機根本不曾從包包拿出來，但就是覺得背著它才有安全感。因為你永遠不知道臺北人，或從南部、對岸或不知什麼地方跑來當臺北人的人，會在什麼時候幹出些瘋狂的事。

chapter

1 天龍國 的日常

chapter

2 余憶 童稚時

第一章／chapter 1

天龍國的
日常

早起的
鳥兒

如果攝影有「啟蒙」這件事，那對我來說就是這兩位鳥迷了。大學二年級時只知道自己喜歡拍照，但實在不想如同一般攝影愛好者拍荷花小鳥美少女之類的，就去跟老師說，拜託指定一個題目給我拍吧。

老師回答，那你就早上五點去福和橋下的運動公園看看。原因有兩個，第一，大部分攝影家都是夜貓子，沒人會早起，你天沒亮就出門至少可以看到跟別人不一樣的東西。第二是，你還是個學生，對於拿著相機對準陌生人會害怕，會早起去運動的都是比較溫和的人，應該不會被打。

半信半疑之下，某天早上天還微亮就出門，到了那裡嚇了一跳，竟然有上千人在做跑步健走太極拳韻律舞各式活動，跟街頭的冷清相比，好像另一個世界。那一年的暑假，我幾乎每天清晨都去那裡報到。

說是啟蒙，因為這張照片幾年後被收錄在一本叫《認真的臺北人》攝影集裡。再過幾年，這張又被美術館收藏，並且被邀請至上海國際攝影節參展。

小時了了，大未必佳，因為之後再也沒有遇過這些好康了，這輩子最好的照片，竟然是十九歲時拍的？

向左走，
向右走

這張照片距今二十多年，當時還是個學生，我將照片
與一段短文投稿到報紙的副刊，記得寫的內容大概
是：向左走是汐止內湖，向右走是南港松山，小老百
姓一輩子努力存錢，也只能買間廁所。

二十年過去了，同樣的錢連半間廁所都買不到了，當
然你也可以說，如果當年拚命貸款加班，買下上面廣
告中的一間，現在不就賺了嗎？這也不一定，這個路
口左轉一路下去，有一個社區叫林肯大郡，許多人買
了山邊空氣清新、夜晚安靜的小公寓，住了一年多，
颱風豪雨一來，倒了。其實倒的只有社區的十分之
一，但其他房子大概再也賣不掉了，只好硬著頭皮繼
續住下去，關鍵問題是貸款才剛開始繳啊。

臺北人是全臺灣最有錢的，卻總是花最多錢住最小最
爛的房子。

1992，忠孝東路五段

豪華加長型
呼拉圈

原本是要去花市逛逛，卻看到這位搖著超大呼拉圈的大叔。這算是街頭雜耍表演，還是真的健身運動呢？他的前面沒有放帽子，而且這種運動大概也不會有人賞錢。但是從他的腰圍來看，呼拉圈可以瘦腰的理論似乎沒有說服力。

這幾年來，減肥變成一種全民運動，超商裡好幾種號稱可以讓人吃不胖的茶飲料，但我始終存疑，因為如果真的可以減肥，為何只賣二十五元呢？賣兩百五十元都會有人買。

另外就是，看起來越瘦的人，越愛用怪異的減肥方式。曾經與一位女同事一起吃麵，她根本就很瘦，卻一手拿筷子，一手拿面紙，每樣食物入口前都用面紙把油吸乾，吃完一頓飯滿桌都是噁心的面紙。還有那種吃完大餐立刻去廁所把手指頭塞進喉嚨催吐的，或是有一種藥讓你吃完飯馬上去澇賽的，有時候還會因為來不及而拉在褲子裡，那真是有夠噁心的了。

1993，承德路

各就各位

這十幾年來關於攝影記者的演進，大概就是兩件事：速度與高度。

速度跟數位化有關，底片相機再怎麼快也是一捲三十六張，拍完還要先去沖洗店沖片，再回公司交作業。現在一張記憶卡可拍上千張，拍完直接傳回去。不過，最後印在報紙上的結果是沒有差別的。

高度就真的會影響拍出來的影像了。以前要從高角度拍，除非現場有天橋或是高樓可以上去，不然就要自己想辦法變高。要變高最快就是把相機舉高亂拍一陣，成功率看個人造化。後來有人開始帶梯子，但是人很多的場合會被擠下來。現在有人直接出動吊車或剪刀車，缺點是萬一突然想上廁所就麻煩了。

還要更高嗎？直升機不是大家都租得起，但是現在有遙控的，可以把相機掛在下面空拍，危險的是，負責遙控的人若技術不好，可能會掉下來砸死人。

唯一的
聽眾

當時金門王與李炳輝還沒走紅，手風琴還很少見，清晨五點多，他就在橋下的公園裡演奏起來，偶爾還跟著哼上兩句。四周的人對他視而不見，因為大家忙著打太極拳、跳國標舞甚至唱卡拉OK。各式擴音機的聲音混雜在一起，單一樂器與人聲顯然不是對手。

我不知道他是不是因為怕吵到家人，所以來公園，而且故意在銅像底下演奏，也許他覺得，這樣至少還有一位聽眾，雖然這位聽眾不會有任何反應，但至少也不會忙別的事。我走到銅像前的牌子看看，終於不是姓蔣也不是姓孫，但我也記不起來到底是誰。

二十年後再仔細看這張照片，發現另外一個可能性是，他跟銅像認識？忘年之交？長官與部屬？還是後代？所以他是刻意來演奏給銅像聽的？眼鏡、髮型、耳朵，這兩位還真是有點像啊。

好狗命

我不算是個有養狗經驗的人，事實上只養了不到一個月。小學四年級時，某天媽媽下班帶回來了一個紙箱子，裡面竟然有一隻白色小狗。同事家裡生的，就是那種每家雜貨店都會養的土狗，我們也給他取了個很沒創意的名字叫來福。

那個年代的狗大概都是吃剩菜剩飯長大，但因為來福還很小，爸爸怕牠咬不動肉，所以都給牠吃稀飯。有一天我自己在家要餵來福，就想說只吃稀飯未免太無味了，我們吃稀飯不是都加肉鬆嗎？那也這樣餵吧！來福很興奮地吃完一大碗。

到了晚上，來福開始變得病懨懨的。我們趕快帶去獸醫院，結果醫生說，吃太多了，脹氣。爸爸問我白天用什麼餵狗，我才承認餵了牠肉鬆。從此以後我才知道，肉鬆是很貴的東西，拿來餵狗很浪費，還有，狗是不會自己控制食量的，不管餵多少都會一直吃一直吃，吃完就真的玩完了。

後來因為媽媽覺得來福在家裡大小便很麻煩，就又還給人家了。從此沒再養過。

其實在臺北養狗是有點麻煩的，尤其是電梯大樓。許多主人都訓練狗狗不能在家大小便，必須等到每天一次的遛狗時間才能解放。有些人又工作到很晚才下班，狗狗憋了一整天，只要一出家門，進了電梯就忍不住拉了。主人雖然都會清理好，但味道總要好幾天才消散。

其實我並沒有特別在意這種味道，畢竟都市裡的狗狗是很可憐的。我比較不喜歡的是電梯裡的菸味。因為現在許多人家裡都有婦女小孩，男主人被訓練成不能在家抽，必須到樓下戶外才能解放，總是有人憋了很久，一進電梯就忍不住拿起打火機點上了……

2010・捷運中山地下街

獵人頭

其實臺北有許多體育場館，只是過了一陣子就會拆掉，奇怪的是，新的也不會蓋在原來的地方。

三軍球場的時代我沒見識過，只聽爸爸說過當年的籃球比賽與美國來的溜冰演出有多轟動。此球場位在總統府斜對面，一九六〇年就拆了，現在是公園。

之後還有一個公賣局球場，位在南昌路與南海路口，成為另一個籃球比賽與表演活動聖地。但是體育活動為何要在不太健康的菸酒公司場地舉行呢？印象中我還在裡面跳過舞，小學一年級時被選入全校代表，跳什麼頑皮熊之類的可愛舞蹈，全市比賽地點就是在那裡。結果也拆了，現在變成大樓。

再來就是中華體育館了，瓊斯杯與麥可傑克森、滾石快樂天堂演唱會都是在這裡辦的，後來以造神運動和高利率非法吸金的鴻源投資公司在那辦團結大會時，在室內放沖天炮全燒光了。那塊地再也不會是體育館了，因為新的體育館蓋在原來的棒球場上、棒球場移到天母與新莊，然後還有一個更大的巨蛋體育館要蓋在本來有很多樹與老房子的地方，叫松山菸廠，所以，又回到公賣局的地盤去了？

田徑場大部分的時間都不是用來辦體育活動的，因為臺北根本沒那麼多比賽，上次那個世界性的聽障奧運幾十年來也就那麼一次，所以平常日子就只能辦演唱會、找幾千個人做同一件事來破金氏世界紀錄，不然就是宗教活動，佈道大會與水陸大法會之類的。

中山足球場也是，在一個沒什麼人踢足球的地方蓋一個那麼大的球場，然後連辦演唱會都被人嫌，因為在航道下，飛機太吵了，只好用來賞花。在足球場賞花，真是世界少有的創意。

1995，市立體育場

綽號決定
命運

現在父母幫小孩取名字一定都會想辦法避開諧音，國語臺語英語都要試試，因為我們當年在學校可都是受害者，什麼夢怡、英淳、茵菁⋯⋯那些綽號惡夢真的是會跟著一輩子。

但是姓就沒辦法改了。有一天走在金華街上，迎面走來幾位明星國中的女同學，聊天聊得很大聲，其中一位說：「我們老師最近結婚，她姓林，嫁給姓甘的，冠夫姓的話，我們以後就要叫她甘林老師。」拎老師算是近年來的紅牌，卡通《南方四賤客》剛在電視上播出時，裡面有一位葛屁老師，我想那時姓葛的老師大概也不好過。

就算不是綽號，有些姓就必定會被用固定的簡稱，每個人一生中不知道會認識幾個「小馬」，常要問對方指的是哪一匹。還有最近的「老王」，總是住在隔壁，總是讓人家戴綠帽。

講完別人，該講自己了。毅平的諧音是一瓶，剛好我的酒量就是一瓶⋯⋯啤酒。「無一瓶」代表連一瓶都喝不完。感謝爸媽，這是個用來擋酒的好名字。

1995，中山南路

2005，重慶北路

一飛沖天

一直覺得這種椅子應該要得個設計獎之類的，首先它可以相疊，減少存放所需的空間，再來就是很耐用，塑膠這種材質千年不壞，不怕雨淋，很適合大型集會活動，尤其是那種可能會演變成暴動的活動，這種椅子拿起來砸人也不會真的受傷，比傳說中七大武器之首的「折凳」安全多了。而且它還某種程度地解決了散場後的清掃問題，只要將椅子倒過來，套上垃圾袋，就成了大型垃圾桶。最後，更解決了搬運的問題——請問世界上有哪一種椅子，一個人一次可以搬二十六張？

覺得造型不好看、沒有設計感嗎？我倒覺得它上窄下寬、四平八穩、方型椅面中央有圓洞，象徵外方內圓，再配上代表尊貴的紅色— 它的紅總讓我想到紅點與IF等產品設計獎項的紅色LOGO。放在中正紀念堂的廣場上，更是與國家音樂廳的北方宮殿造型相得益彰、無縫接軌。上次去紐約大都會博物館，其中一個收藏世界名椅的展間，竟然沒有這張椅子，真是令人失望。

畫龍點睛

真的不知從何時開始，任何活動要吸引目光，就是找羞哥揉來站在臺上搔首弄姿一番，所以汽車展、電腦展、家電展都讓許多年輕妹妹獲得打工機會，以後個人履歷上都可以加上「模特兒」三個字——雖然只有五頭身，一百五十幾公分高。即使是真正想去看展的人，也都統一被稱作「宅男」。

曾經去看過某地方政府辦的地籍資料歷史展，就是把一些跟地政有關的文獻、設備放在縣府大廳展示。活動當然要有開幕儀式，結果竟然是年輕女性縣府員工，穿著短裙上臺跳少女時代的熱舞。負責表演的有兩組，她們看起來還滿引以為傲的，在後臺時還在爭哪一組先上場。副縣長與議員上臺致詞時，還稱讚說，原本以為這些辣妹是花錢從外面找來的，沒想到我們縣府員工也有條件這麼好的。

照片是某次婚紗展拍的，來看這種展的應該都是情侶，找辣妹來可能會有反效果，所以主辦單位就找來人體彩繪師，幫全裸的模特兒穿上用畫的婚紗。彩繪師畫了好久，現場所有攝影記者都拍了好幾十張，每個步驟大概都拍到了，結果第二天把各家報紙攤開，大家都用了這一瞬間的——這算是宅男所見略同嗎？

逆轉勝

小學三年級的時候擁有了人生第一輛腳踏車，就是圖中這一型的，當時叫BMX越野車，非常流行。因為電影《ET》裡的那群小朋友就是騎著這種車躲過大人的追捕，然後在ET加持下還飛上了天。

那年代最有名的品牌就是捷安特與KHS功學社。記得在中影文化城還看過捷安特車隊的表演，那大概是臺灣極限運動的開山始祖吧！幾個十來歲的大哥哥表演獨輪、倒騎，還在U型板上翻轉。當時看覺得興奮不已，回家後立刻騎車出門，當然那些特技一樣也沒練成。

升上國中，忙著聯考沒空騎車，把車子送給表弟，結果沒多久就被偷了。某天他爸爸在一間電動玩具店外看到車，但是換了一個顏色，就問店裡一堆小朋友說：「這車是誰的？沒有人的我就要牽回家了喔。」當然沒有人敢回答，車子失而復得，只是被噴漆成很醜的顏色。

二十五年後，在市政府廣場前又再次看到BMX表演，這回可是真正職業級的，據說全臺灣只有一個人可以空中旋轉三百六十度，沒想到就正巧被我遇上，看完後還是興奮不已，因為真的有拍到頭上下腳上飛在空中，跟一○一大樓還剛好相接。至於這種會出人命的特技，還是留在小學生的夢想裡就好了。

天外飛來一腳

我家是白領小康，每天看著爸爸騎偉士牌載媽媽一起去上班，菜市場人生與我毫不相干，唯一有點關係的是鄰居。我讀小學一年級時，老爸在天母買了一間公寓。五樓，沒電梯，當年真的完全不覺得爬樓梯會累，而對面住一樓的就是賣菜的，他們家客廳就是個小菜攤，跟我們家客廳是沙發茶几電視很不一樣。他們的爸媽天還沒亮就出門去批貨，兩個跟我與姊姊一樣年紀的小孩有時還會騎著三輪車去收破爛廢紙。印象最深的是，我升小學三年級時把用了兩年的舊書包扔了，扔在那個年代每條巷子口都有的垃圾堆，結果開學之後，我發現他們家的小孩竟然背著我們的舊書包去上學。

幾年以後，我們搬家了，房子租給人。等過了十多年，我退伍後又搬回那間老公寓的五樓，每天上班十多個小時，薪水三萬多。我發現一樓已經不賣菜了，改當包租公了，因為附近蓋了一個土東市場，號稱全臺灣菜賣得最貴的市場，附近的公寓一樓住家全部都變成店面。

他們把自己家隔成三間店面，每間月租六萬，一個月什麼事都不用做就有十八萬收入，幹嘛還自己賣菜呢？

我一直想找機會問老爸，當年為何不買一樓？

背後靈

小時候家住天母——對，就是天龍國總部所在地。之所以會變成眾矢之的，跟當年美軍宿舍在那裡有很大的關係。美國大兵走在街上的景象我沒趕上，只能騎著腳踏車穿梭在成為鬼屋廢墟的美式木造平房之間，以及中山北路六段兩邊的炸雞店、漢堡店，還有一家專門賣聖誕樹的（是真的樹，用一陣子就枯了，不是現在那種可以用一輩子的塑膠）。

現在的天母已不太美國了，因為早已沒有美軍，連美商高階主管也越來越少了，據說美國學校裡有一半是拿美國護照的華人小孩在念。被三家日式百貨占領之後，那個「『天母』是來自臺灣人用臺語回答老外說『聽沒』」的轉音傳說，也快要被遺忘了。

長大後開始了解，紐約有個中國城，但臺北不需要「美國城」，因為到處都是紐約，我們有紐約紐約購物中心、N.Y. BAGELS CAFÉ、華爾街美語、百老匯影城、站前雙子星、自由女神果醬、林肯大廈……

趴著睡

每個人當國中生時，中午午休都要趴著睡。不睡還不行，糾察隊會來巡視，風紀股長也會管。但是趴著睡真的很難受，會流口水、手會麻，腳也會麻，臉上還會有印子，冬天時還無法蓋被子，只能把外套罩在頭上。但這套本事就像騎腳踏車與游泳一樣，學會就終生不忘，所以大家長大之後在圖書館裡、在辦公室裡都能睡到打呼了。

在成功嶺受訓時也被要求午休要趴著睡，雖然教室旁邊就是寢室，但因為班長怕大家把棉被弄亂，棉被是用來檢查的，不是保暖的，所以中午不准碰。

很久以前，銀行、郵局與公家機關中午也要午睡，即使是那種有櫃檯服務民眾的單位。例如去監理所辦事，去的時間剛好是十二點半，排隊排到一半櫃檯小姐突然立起一張牌子寫午休時間，然後就去吃便當睡午覺了，民眾也只好認命地等到一點半再回來。

五百障礙呷百二

當過兵或看過《報告班長》這類軍教電影的都知道「五百障礙」這種訓練，就是阿兵哥要戴鋼盔、背步槍跑五百公尺，中間還有爬竿、高牆與平衡木等障礙要通過。

其實在臺北市你也可以看到這種場地，就在青年公園裡，旁邊還是個跳傘訓練場地。

四十年前的青年必須為反攻大陸做準備，所以青年公園裡設有這種軍事訓練場地，讓大家練練跳傘與體能。四十年後的青年只需要反攻「魔獸世界」，而且跳街舞比跳傘帥多了，於是這些設施成為老人的免費健身房。他們也自行開發出各種怪異的使用方法，某些熱門器材可是很搶手的，晚來會用不到。

如果這些人平均七十歲，然後每天這樣鍛鍊，都可以再活個二十年，所以等我六十歲變成老人也要來伸展筋骨一下的話，可能還要跟同樣這批人搶位子。

倒著看世界

小學的時侯在操場玩單槓,有同學很熟練的將身體撐起,讓腰部與橫桿同高,然後咻一下就轉了三百六十度,有的甚至頭下腳上停在空中,一直到腦充血滿臉通紅才放手下來。這個遊戲我怎麼也學不來,對於這樣轉一圈有恐懼感,這輩子與倒立無緣。

倒立,除了一般人說的讓身體做一些與平常完全相反的動作會有好處外,我想就是可以用完全不同的角度來看世界吧,所以在家裡倒立沒用,要去路邊倒立才行,掛在樹上,每個從你面前走過的人都變得不一樣了。雖然路過的人心裡都想著這人吃飽太閒才這麼做,但太閒是一定的,剛吃飽就不太可能了。

其實我也常吃飽沒事幹,把書上的照片倒過來看,從小就有這種怪習慣,大概是因為無法倒立看世界,只好倒著看照片,就算是一種心裡補償吧。

棉被俠

豔陽高照的下午,臺北某公園,幾位出來散步的歐巴桑帶著棉被出門,把棉被披在矮樹叢上曬太陽後,就在一旁聊天甩手運動。一個巡邏警察騎著機車過來,語帶威脅的說:「公園不可以曬棉被,再不拿走我就要沒收了。」大家趕緊把棉被收起來,等到警察騎遠了,拿出來繼續曬。

我想公園門口一定有一塊牌子,寫著十幾樣不能做的事情,但應該不包括曬棉被,但警察如果不管,以後若有人把內衣褲也拿來披在單槓上就麻煩了。住在臺北,除非是有院子的一樓或是沒加蓋的公寓頂樓,不然要讓衣服與棉被真的曬到陽光,實在不容易。

其實臺北的老公寓設計是很實用的,一進門是前陽臺,可以放鞋子,廚房後是後陽臺,長度足夠放下洗衣機與洗手檯,全家的衣服都曬得下。現在新蓋的房子一進門就是客廳,結果大家都把鞋子脫在樓梯間,後陽臺小得可憐,小套房甚至完全沒陽臺,只好去巷口的投幣洗衣店,跟陌生人共用洗衣烘乾機,許多這種店門口都會貼一張告示,寫著:「請發揮公德心,不要將被寵物尿尿過的地毯以及沾滿油汙的工作手套拿來洗。」看了這個告示,還有人敢把內衣褲拿去那裡洗嗎?

走進彩虹裡

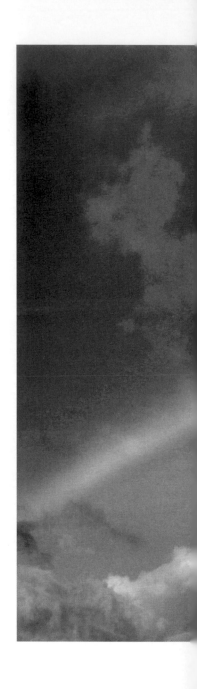

當一〇一要開始蓋的時候，我就想，為何要在地震、颱風這麼多的地方蓋世界第一高樓呢？有趣的是，等到它蓋好，從沒有人說它好看，世界第一的寶座也很快就不保了，但每天還是有一堆外國人坐飛機來看。附近的房子窗外能看到一〇一，房價就會變高，最有面子的事就是，跨年夜請朋友來家裡的陽臺看煙火，不用跟幾十萬人在下面擠。

一〇一跟全世界的觀光塔一樣，一定會有一個號稱非常快的電梯，一定會有觀景臺與景觀餐廳，一定會有可以拍合成紀念照的商店，唯一缺的就是高空彈跳與空中漫步。

某天，走在信義路上，天氣時陰時晴，突然看見一道彩虹穿過，我想通了，當初蓋這樓的人一定是想讓人摸到彩虹，所以，趕快開放高空彈跳吧！能夠走進彩虹裡一躍而下，一定很爽。

排排坐
吃飯飯

國中補完習後要回家，一位同學說要去鹽酥雞攤子買東西吃，當時可沒有雞排妹，也沒有比臉大的雞排這種東西，去這種攤子是很省錢的，十元可買到四塊炸甜不辣，切一切就有一大包，兩個人可分著吃。

當時正好有餿水油事件，我那同學不知哪裡學來的大人模樣，在老闆一邊炸的同時就質問他：「你用哪一種油？」老闆大概沒想到會被穿制服的死國中生問這種問題，遲疑了十秒鐘，回答：「臺糖沙拉油。」同學很滿意的點點頭。

我想我應該比我同學更像大人，因為我知道當時臺糖沙拉油比其他品牌都貴，這路邊攤老闆根本不可能用比較貴的，這樣回答根本是此地無銀三百兩，他絕對是用餿水油。

二十多年前的餿水油，大概是民眾第一次發現路邊攤的食物不是只有衛不衛生、吃了會不會「一瀉千里」的問題，而是有可能吃了會中毒或得癌症的問題。雖然經過這麼多年後，現在就算去便利商店或大賣場買有政府認證標章、得過食品金牌獎的食物，吃了還是可能會中毒、得癌症、洗腎、失智、不孕……

chapter 1

潛規則

麥當勞是借廁所的地方，漢堡王是不想吃比銅鑼燒還小的麥當勞漢堡而去的地方，85度C是計程車司機抽菸的地方，星巴克是展示很貴的筆電的地方，丹堤是嫌星巴克太貴而去的地方。

不知道從什麼時候開始，速食店與咖啡廳就有了「點一樣最便宜的東西就可以坐一整天」的不成文規定。最早的印象是在重慶南路那間四層樓的超大型肯德基，中午時間端著買好的炸雞竟然完全找不到位子坐，因為裡面全是學生在K書。

這件事店家沒有明文規定禁止，客人卻永遠知道潛規則，你絕不會在吉野家三商巧福美而美攤開課本與參考書，或是放上平板或筆電開始看電影。但在麥當勞與星巴克，你就會覺得理所當然理直氣壯。最近小七也開始擺設桌椅，遊戲規則還在磨合中，因為店裡有賣啤酒威士忌下酒菜、撲克牌與骰子，還提供插座與網路，再加上二十四小時營業，真不知結果會是如何。

超商怪客

超商老闆說，除了棺材，我們店裡沒有買不到的東西。

機車騎士說，除了淡水河底，沒有我們騎不到的地方。

小時候雜貨店總是很昏暗，一進去老闆就問你要買什麼，根本不可能慢慢逛自己拿東西，冷飲還是放在跟家裡一樣的冰箱裡面，買不冰的好像還可以便宜兩塊錢。自從國中時，家附近開了一家超商之後，我就開始成為「超商世代」了。

超商看起來似乎無所不能，因為全年無休，除夕夜、颱風天都營業，但真的遇過兩次買不到東西的。一次是停電，收銀機不能動，無法結帳，店員也不讓人開冰櫃，怕冰淇淋都融化光了。後來才知道，其實放一天也不會融。

還有一次是半夜，裡面燈是亮的，收銀臺卻沒人，自動門上了鎖，一看上面貼了一張影印紙寫著：「去大便，請等一下。」夜班通常只有一個人，「黜噴蔣」也是會忍不住的，遇到這種事也就不能「Always Open」了。

你住幾樓?

從小學讀到高中,同學幾乎都是臺北人,一直到進大學,班上同學的組成才變成「大部分從南部來」,但這句話本身就代表了罪大惡極的天龍國思想。對臺北人來說,桃園以南就是南部來的,但那些南部來的人會很在意。有一次我問一位同學:「你這幾天放連假會回南部嗎?」他很生氣地回答:「我家在臺中,是中部,我才不是南部人。」

再來就是問地址的時候,問一位南部來的同學家住哪裡,他會說某某市某某路幾號,然後臺北人一定會問:「你住幾樓?」他們大多仕透天厝,地址裡根本沒有樓,反而覺得我們為何要知道他的房間在他家的幾樓。把二十多年前的大學通訊錄翻出來,看看大家的地址就知道,許多臺北人一輩子沒住在地面過。

是不是住在地面的差別在於,小時候吃西瓜與芒果時,南部阿媽會說:「去外面水溝上吃!」臺北阿媽只能說:「去馬桶上吃!」

西裝

這輩子只穿西裝打領帶過兩次，第一次是還在當攝影記者時，陳水扁上任總統，要進去總統府裡拍宣誓就職，新聞通知要求穿西裝打領帶，為了怕他們真的會不讓人進去導致無法完成工作，只好穿了。領帶不會打，請老爸前一天綁好，第二天套上脖子拉緊即可。結果第二天還是很多人沒穿，照樣可以進去拍照，有點上當的感覺，脖子被勒了半天，好難過。

第二次是結婚時，雖然只是去法院公證，現場還有年輕人穿T恤，但因為老婆穿了很美麗的禮服，怕站在旁邊太突兀，只好又穿西裝了。領帶是老婆打的，到現在還是不會打。

臺北的大老闆或大官員都有辦法整天穿西裝，即使夏天也一樣，因為他們每天從家裡穿上後，坐電梯到地下停車場，開車到辦公大樓的地下停車場，又坐電梯直達辦公室，永遠都有冷氣。臺北街頭夏天已達三十八度，又濕又熱，穿一件所謂的高科技排汗衫也快受不了，很佩服那些當業務與房屋仲介的，有能耐可以穿著黑西裝戴安全帽，騎機車停在公車後面等紅綠燈。

推輪椅

在新加坡旅行時，到了一個類似酒吧一條街的地方，許多年輕人與外國遊客在戶外座位喝酒，其中有一家以醫院裝潢為主題，酒用針筒、點滴、燒杯等容器盛裝給客人喝，服務生穿著醫生與護士的制服，最特別的是，給客人坐的椅子是輪椅。一堆年輕人像回到小時候玩碰碰車般，坐著輪椅推來推去嬉鬧。

因為是在戶外廣場，很醒目，我當下想到的是，如果真的有一位雙腳殘缺而真正需要坐輪椅的人來到這裡，會有何感想？萬一他離座位太近，服務生把他當成客人不是很尷尬嗎？

臺灣也有幾家純粹搞噱頭的主題餐廳，以前有一個監獄餐廳，把客人關進牢裡吃牢飯，結果因為布置了幾樣納粹主題而犯眾怒。還有一個廁所主題的，餐具做成馬桶形狀，食物搞成大便模樣，生意竟然還不錯。

這年頭，食物好不好吃是其次，能讓人想要拍照上傳分享也許更重要。

玩水而已

天母公園旁的小溪流一直是烤肉聖地，全家人會去烤、老師會帶學生去烤，找兩塊大石頭就可以放上網子，還能邊烤邊玩水。當年烤肉都是用沙茶醬，還沒有烤肉醬這種東西，所以要有一個人負責帶玻璃瓶裝的沙茶醬，但那個蓋子又不容易蓋緊，所以如果沒用完要帶回家，常搞得整個背包都油油的。烤肉網也是用完要刷乾淨帶回家，下次繼續用，很珍惜物品的。不像現在，大賣場一堆用一次就扔的。

還有一個好處：烤完不需要善後。除了可以吃的東西會帶回家，木炭與燒得黑黑的石頭都留在現場，大家覺得理所當然，反正下過大雨溪水一漲，全部就沖走了。當然有時候沖走的還包括人。只要去玩水，就會有同學說，幾年前因為水裡有漩渦，所以淹死過人，烤肉、玩水與溺水好像永遠分不開。

最近回去看當年那條小溪，根本像條小水溝，真的有可能淹死人嗎？

資深騙子

幾年前走在松江路上，突然有一個穿著還滿體面的年輕人一臉無助地走過來說，他從南部上來找朋友，但錢包掉了，也忘了帶手機，現在要回去，想借一千元當車錢，還說回到家就會把錢加倍寄還來。我一聽就知道怎麼回事，直接回答長安東路派出所就在附近，警察一定會幫你這個忙的。他當然不敢去，就繼續四處尋找下一個好心人幫忙。

過了幾年，也是在松江路上，傍晚下班時間，這樣的事竟然又遇上一次，一個穿西裝提著公事包的中年人，一看到我就伸出手來跟我握手，我下意識以為是哪個曾經採訪拍照過的人沒認出來，竟然就乖乖跟他握了，結果劇本完全相同，也是錢包手機都掉了，要借車錢。這次我直接轉身就走了，一句話都懶得說。

我看起來像很好騙的樣子嗎？

把這兩件事跟我媽說，結果她竟然也遇過兩次，但故事更離奇。第一次是她還在讀高中時，也是陌生人在公車站用同樣理由跟她借錢，當然她沒上當。但過了好幾十年之後，我媽已經在上班工作了，又在同一個公車站遇到這樣騙錢的，仔細一看，竟然是當年同一個人。

這位先生如果有印名片，那職稱前一定加了個「資深」啊。還有，「看起來像很好騙的樣子」會遺傳嗎？

2010·迪化街

集體早操

學生時代的集體早操是我們這一代人的共同記憶。每天升旗典禮後,就要跟著廣播發出的刺耳音樂與一二三四口令,做著不知是誰設計,但幾乎每個學校都雷同的動作。坦白說,我當時完全不覺得做完那些動作就可以振奮一天的精神。

後來除了早操,學校為了大家的眼睛健康,在早上第三節課下課時間,又設計了一套護眼操,目的是要讓大家站在走廊上看著遠方,避免近視。下課時間只有十分鐘,卻要花一半時間來做這個,大家都是隨便敷衍一下。據說現在的學生還是被要求在課堂間做這個,但連小學生都一堆戴眼鏡的,到底效用有多少?

有人說這種集體早操是日本統治皇民化下的產物,但我覺得大家似乎做得滿甘願的,至少長大後還會主動去參加。早點起床去公園看看就知道了,帶頭的會拖著一臺卡拉OK機來大聲放送(有些進步一點的已開始用手機加擴音喇叭了),大家還會一起訂作制服,儼然回到小學時代。

就算你不想,萬一得去某些地方上班,例如房仲業、日系的車商、美容院,還是要做集體早操,而且是在馬路邊做給大家看。做早操能不能提振精神不是重點,重點是讓顧客看到,我們公司有在做早操喔。

喬一下

已經想不起來小時候第一次看到不會動的衛兵是在忠烈祠還是中正紀念堂，反正大人一定會在旁邊故意問：「你覺得那是真人還是假人？」然後我們就一直盯著他們看，非要看出有在動不可，但不動就是不動，心裡覺得那些阿兵哥好厲害，難道不會屁股癢或想打噴嚏嗎？不知道有多少小朋友回到家也會試著站著都不要動看看，但這種遊戲玩一次就膩了。

後來覺得這種站衛兵方式實在無聊，國父銅像與蔣公銅像為何需要不會動的衛兵站在旁邊，衛兵不能動，還有保衛功能嗎？把衛兵也做成銅像那就千年不動，就像兵馬俑那樣不是更好。果然現在這些衛兵成了觀光吉祥物，而且還表演給共匪看。

不知道這些衛兵是當兵時抽到下下籤而進來，還是覺得很光榮很帥氣自願要來的，但退伍後應該可以直接領一張街頭藝人表演證，演那種不會動的雕像絕對得心應手。

爬樹與
砍樹

小學的校園裡有一排松樹，全校同學都會撿松果丟來丟去，或是兩個人各自撿起枯黃掉下來的針葉，勾在一起互拉，看誰的先斷。從小就對松樹很熟悉，但長大後到了美國的國家公園，看到他們的松果才知道可以大到那種程度，跟我們的比就像鑫鑫腸遇上士林大香腸。

但學校禁止爬樹的原因不是愛護樹木，而是曾經有同學摔下來手斷了，打石膏吊了好幾個月。所以卡通裡那種小朋友可以爬樹、在樹上蓋木屋的情節，對臺北小孩來說是不可能的事。因為除了學校的樹，也只剩馬路上的行道樹了，公園與路邊的樹更是不能爬的。

最近十幾年來，臺北的樹木才受到一點重視。兩件事印象深刻，一是在臺北捷運興建的交通黑暗期時，有立委主張敦化南路的樹太多了，如果砍掉把安全島也變成車道，這樣就不會塞車了。樹木多必有枯枝，立委多必有白癡，所以後來人民才有立委減半的主張，結果被砍的不是樹，是立委自己。另一個是有人開車把路邊的行道樹撞斷了，市府索賠三十萬，大家終於知道，樹很貴。

可惜的是，政府再怎麼保護樹木，遇到建商要蓋房子、蓋巨蛋體育館時，標準就改變了，該砍的還是要砍，該移的還是要移，愛樹人只好爬上去賴著不下來，要爬樹才能保護樹木，真的很諷刺。

第二章／chapter 2

余憶童稚時

高格調MTV

同學們都叫它「低格調」，因為這家MTV很特別，其他家通常都只敢放一些香港三級片或艾曼紐等西洋情色電影，但這家擺明了就是有A片可以看。走進店裡大聲說我們要看A片，服務生就會拿出一堆讓你挑。選完片之後進小房間開始播放，五分鐘後小姐會送我們點的飲料進來，如果她知道這一間是在看A片，她就不會走進來，只會把飲料用手伸進門縫給客人。

高中生去那種地方，點飲料當然都是冰紅茶或可樂，但我們有位同學竟然點了熱烏龍茶，蓋杯。結果端來了一個白色杯子，上面還用國畫畫著松樹與鶴。正當大家看得血脈賁張，電視裡的妖精一邊打架一直喊著歐歐歐歐的時候，這位同學慢慢拿起白色瓷杯，輕輕打開蓋子，先聞香一下，再慢慢地品嘗一口甘醇的凍頂烏龍茶……原來店名的高格調就是這個意思。

1998，西門町

小學生了沒

實行九年國民教育之後，小學生沒有升學壓力，但老師有經濟壓力，所以還是會有補習這件事。

讀小學時，老師就問全班同學，要參加補習的，老師可以利用早自習與午休時間幫你加強數學等比較難的功課。這種補習就直接在學校裡進行，但我一直覺得那比較像交保護費而非補習費，因為有參加的同學老師會對你特別好，不但會偷偷把考試的題目在補習時就先讓你練習過，還可以免去當值日生或打掃等勞務，因為這樣早上與中午才有時間補習。

等到我的表妹讀小學時，她的老師大概是欠了一屁股債，竟然把補習時間放在正常課堂上，要求沒交補習費的同學要趴下來，不准看黑板。當年還是很講究尊師重道的，所以也沒有家長敢抗議，而且那時也沒有可以錄影的手機，不然這種荒唐事大概要在電視新聞上從早播到晚了。

2000，松山國小

自動販賣機

小學時，學校裡出現了第一臺自動販賣機，當時的
校園福利社可以賣零食等垃圾食物，販賣機當然就
會賣汽水可樂。對小孩子來說，只要投錢進去有東
西跑出來的機器都想試試，記得那一臺投完錢掉下
來的不是寶特瓶或易開罐，而是一個紙杯，然後機
器會自動加入冰塊與可樂，如果要喝熱的，還有咖
啡可買。

此後這種東西就一直存在校園裡，還成為學生練功
的對象。因為投了錢就可能會吃錢，錢被吃了當然
就是一陣拳打腳踢，販賣機被踹之後有可能掉出一
堆銅板，或一堆飲料，只要有這種例子發生，大家
經過那一臺就會順便踢一下，碰碰運氣。

後來廠商也想出對策，裝上警鈴、鐵窗與大鎖，但
投了錢還是可能會被吃，只是再也無法踢出錢與飲
料了。那就把上面的壓克力挖開，拿走當樣本的飲
料好了，廠商同樣有辦法，現在的販賣機都是放模
型或照片展示。

現在校園內已禁止賣汽水或含糖飲料，少了可發洩
精力兼獲得意外驚喜的販賣機，學生生活一定少了
點樂趣。

畢業典禮

關於畢業典禮這件無聊事，改變的關鍵點應該是某年內湖高中辦了一場水球大戰，從此之後每個學校都開始想出各種花招，在校內辦活動已經不夠看了，還有登玉山的、騎車環島的、潛水的……均以能上電視新聞為第一要務。

我們當年的畢業典禮真的很無聊，小學就是行禮如儀，大家的焦點在於誰得市長獎、教育局長獎、議長獎等，獎品一定是字典或鋼筆。禮堂好熱，不用上臺領獎的同學真的不知道來幹嘛，反正人人都能畢業，畢業證書也沒什麼了不起。

國中也是一樣，差別是快要聯考了，好班學生會覺得畢業證書毫無意義，考上高中才是真的，壞班學生則開始想著如何對付訓導主任與平常會打人的老師，要在校門口堵他們。我好奇的是，為何這種「在校門口堵人」的事一定要選在畢業典禮當天呢？那些師長以後也是每天都要進出校門口，不是嗎？

老派優雅

最近要幫小孩取名字，終於體會到姓「吳」真的很難取名字，因為用任何有意義的名字都會被姓給否定。

這讓我想起一位國中老師，姓吳，名不可。沒錯，就是吳不可，諧音的意思就是沒有什麼做不到的，他的父母還真是會取名字。不過因為他當了國中老師，這個很厲害的名字在國中生眼裡就只剩下有趣了，尤其是一群剛學了幾個英文單字的死國中生。這位老師理所當然的就被叫作BOOK。大家還會用英文老師背誦的口訣念著：「逼歐歐K──BOOK。」當他從教室外經過，同學們就會念：「This is a book!」當然老師也莫可奈何，因為我們是在練習英文啊！

　還有一位老師也很特別，雖然沒給他教過，卻全校都認識。他是一位外省籍老師，鄉音很重，許多學生根本聽不懂他在講什麼。在那樣一個升學至上的明星國中，這種老師只能被派去教「壞班」。壞班同學品性不一定壞，嘴巴卻很壞，他們擺明了直接用臺語叫他「老芋仔」，而且是當面叫，結果全校學生都知道可以這樣叫他也不會怎樣。

下課時間，他經過每一間教室，裡面都會有學生大聲喊著：「老芋仔！」這簡直到了無法無天的狀態，但這位老師更厲害，他只要聽到有人這樣叫他，他就一定回一句他唯一會講的臺語「幹恁娘」。

結果就是，下課時間只要有他經過，整條走廊就是「老芋仔！」「幹恁娘！」、「老芋仔！」「幹恁娘！」、「老芋仔！」「幹恁娘！」不絕於耳……

我也要……

情人節本來只有一個，就是那個關於牛郎與織女相會的那一個，但經過賣花賣巧克力開賓館賣保險套的廠商陰謀策畫下，現在一年有好幾個了，至少多了西洋的、白色的，甚至還有黑色的。其實，賣蛋糕與賣刮鬍刀的又何嘗不希望能多幾個母親父親節啊。

情人節一到，各種比賽活動就會出現，什麼情書徵文、告白影片比賽、多少對情侶一起走過吊橋、用嘴傳巧克力、送西瓜的、比誰抱女朋友抱得久，背著賽跑等各式整人遊戲。當然，接吻比賽算是其中比較簡單、人人可參加的。如果不參加比賽，那還可以付比平常貴一倍的價錢去訂一間可以看到臺北夜景的高樓餐廳，或是直接去汽車旅館外排隊——如果你不介意被現場連線的電視新聞拍到的話。

當然也不一定非去這些地方不可，依照現在年輕人的衝動，許多事在捷運上就可以完成了。

人生
四大錯誤

不知道是不是行業別的關係，身邊的同事有許多離過婚，吃喜酒也常吃到第二次的。有人開玩笑說，人生有四大錯誤：結婚、生小孩、離婚、再結婚。許多同事朋友真的是已經犯了三、四個錯了。

關於臺灣的離婚率，甚至臺北的離婚率到底世界排名第幾，實在沒有真正科學的統計。之前看過一個數字是某某年每四對就有一對離婚。這種算法看起來真可怕，但一聽就有破綻，因為結婚的人越來越少，離婚的可能是已經結了好幾年的。

市政府無法管到別人離不離婚，卻能想盡辦法鼓勵大家結婚，所以有了各式集團結婚，摩天輪、動物園都是好地方，每年七夕、99年9月9日、100年10月10日都是好日子。證婚人一定是市長，而且一定要講什麼「老婆永遠是對的」這類一年重複講幾十遍的話。

大概沒有新人會參加兩次集團結婚，所以也沒有人知道市長幾年來對所有人講的祝福話都一樣，只是對我們這種因工作一年要參加好幾場的人來說，聽到都會背了，聽到都不想結婚了，那些祝福語魔音傳腦，好像一直跳針的「謝謝指教」一樣。

最近又聽到一個案例，一個朋友犯了六大錯誤，因為他結了兩次婚，兩次都離了，然後兩次都生了小孩。

2002・市府大廳

脫褲子
尿尿

有時候我們從小就會認得幾個很冷僻的字，不是我們學問好，而是因為同學中剛好有人名字裡有這幾個字。

不像現在的幼稚園可以有老外教英文，還能把注音符號與九九乘法表都背好，我實在想不起來幼稚園時期到底學到了什麼，但我記得兩位同學的名字與一位老師的名字。老師叫蘇金蘭，大概是因為金蘭醬油很有名，所以就一直記得這位老師。

那時認識的字不多，一直以為某位同學名字的最後一個字是「桃」，後來讀小學時不知何來的雅興，寫了賀年卡給他，等他回信看屬名才知道那個字寫作「燾」（音同桃）。那個年代可以取這個字當名字，他老爸一定很有學問。而我也從小學一年級起就認識了這個字。

還有一位幼稚園同學姓華，這個字當時就認得了，因為教室黑板上每天都寫著今天是中華民國多少年月日。而且全班同學都會知道「華」當成姓氏時要念四聲。幼稚園的華同學就人高馬大，會欺負女生，因此印象深刻。十多年後在高中校園的排球場上看到一個人長得跟他很像，走近一看制服上的名字，果然是他。原來小時候就比人高的，長大後也不會太差。

還記得有一次遠足去參觀醬油工廠，（那時候的遠足就是去玩，不像現在還要很假掰的說是校外教學），參觀結束後每個小朋友都得到紀念品——一瓶小小的醬油。每個人都小心翼翼地捧著帶回家給媽媽用，但在遊覽車上，一位平常就很活潑愛現的男生，竟然直接打開一口把醬油喝光了，還喝得很開心，大家都看得目瞪口呆。可惜我完全不記得他的名字，所以三十幾年後的今天，也不知他是不是還這麼愛喝醬油，還是已經洗腎去了。

2005，臺北某幼稚園

健康教育
那一章

小學六年級的時候，都會有一天的某堂課，老師要班上所有女生集合去大禮堂聽演講，男生不用去，在教室自習。許多同學都不知道到底是怎麼回事，但我家裡有個姊姊，所以很清楚女生要去做什麼，就是會有外面的人來教女生戴胸罩、使用衛生棉之類的知識。聽完課回來，每個女生手上都多了一個紙袋，裡面是廠商送的衛生棉試用品。

至於男生懂不懂這些，老師好像也不在意，反正上國中就會教了。但是我們班上卻有一位什麼都懂、什麼都看過的男生，因為他家很有錢，每天都有賓士接送他上下學，很像小丸子裡的花輪那樣。不同的是他很低級，他會在女生面前把左手握拳，然後用右手食指插進左手的虎口，還一直進進出出，嘴巴裡發出啊啊啊的聲音，不過那時大家都不知道這是在做什麼，只覺得他為何表情很爽的樣子。後來他說，他家有閉路電視，那是當時對錄放影機的稱呼，然後他都會把爸媽藏在床下的錄影帶拿出來偷看，看的大概就是妖精打架之類的影片吧，難怪他會學到那些奇怪的東西。

現在的小學生在這方面的啟蒙真的還需要老師嗎？只要在一般的搜尋網站，到圖片搜尋打入任何關鍵字眼，上千張圖片就出來了。

我有話要說

國中老師都會打人，用藤條打算是比較文明的。以前班上有同學傻傻的，想說把藤條藏起來，老師就沒有辦法打了，結果男老師乾脆就直接甩巴掌，女老師就揪耳朵。這些老師難道不知道我們以後要靠臉吃飯嗎？

英文林看起來像個酷吏，每天一開口講的都是在分析考題趨勢與預測哪個班會有幾個人上前三志願，很不幸的他是我們的導師，對家長應該說是幸運，因為他們都是千辛萬苦花了錢，把戶籍遷到一個已經有十幾戶人家的小房子裡，才得以讓孩子進入這所明星學校，甚至還得找人去關說一下才能進這個班。

有一次上公民課，老師是一位和藹的老先生，英文林正好經過教室外，一位倒楣的同學正好伸了一個懶腰，也就是伸懶腰而已，英文林就直接衝進教室，給了這同學兩巴掌，然後就離開教室。其他同學不覺得有什麼大不了，公民老師嚇傻了，呆了一下才輕輕的說：「好，同學們上課要專心。」

理化謝也是箇中高手，一位同學在做實驗時，不小心把水龍頭開太大，噴濕了衣服而尖叫了一聲，他就衝過來啪啪兩巴掌。我也不知道為何一定是兩巴掌，而不是一或是三，大概這樣被打的人才能頭轉過去又轉回來吧！唯一一次例外是，理化謝打一位坐在窗邊的學生，啪一聲後那位同學的眼鏡飛了出去，還飛出窗外掉到樓下去了。殺手也有惻隱之心，理化謝停手了，悠悠的說：「去把眼鏡撿回來。」

鄉音無改老命催

有段時間，我們的立委與國代選舉只能選出一部分名額，其他名額要保留給一群從大陸過來的立委與國代，他們無法回到原來的省市參與選舉，所以可以當一輩子，至於當年他們是怎麼在大陸當選的，那就無從得知了。

其實小學裡也有這種情況。我一、二年級的級任老師當年剛從師專畢業，非常年輕，家長也都很高興。到了三、四年級，換成了一位跟著國民政府來臺的外省老太太，年紀可以當我們阿媽了，她在大陸的學歷根本沒人知道。第一天上課，就有同學抱怨聽不懂老師在講什麼，因為鄉音太重了，家長反映也沒有用，老師無奈地說她講話就是這樣，沒辦法。

不幸的是，班上有兩位剛轉學來的東南亞僑生，本來國語注音就不好，偏又遇到這樣的老師，有一天我看到他們的國語作業簿，上面寫著「我們的國家」，旁邊的注音竟然是「ㄨㄛ ㄇㄣˇ ㄅㄜ ㄍㄨㄛˇ ㄐㄧㄚ」，這真是太奇妙了。

還有一次，考卷上有個數學題，出現了英文字母M，結果她一時間念不出來，想了一下，才試探性的問我們說，是不是念「哀姆」，同學裡已學過英文字母的都忍住不笑出聲來。

其實鄉音老師很照顧學生，也很認真在教，但她的想法真的跟我們很不一樣。有天早上她帶了一個保麗龍便當盒來，大概是昨天晚上買的吃剩的，然後就直接放進講臺旁的便當蒸籠裡，中午一到，大家要打開拿便當，鐵架子上出現一坨飯菜，保麗龍全部被融化了，她還一直問為什麼會這樣。

老師還有個很傳統的觀念是，功課要出很多，學生才學得好。但她又無法拿捏輕重，講難聽點就是亂出一通，多到一整晚不睡覺也寫不完。許多本來就不乖的同學乾脆就不寫了，但我們一些好學生哪裡敢不寫功課？許多家長還互通電話串連，說是要去跟校長反映。

這位老師姓崔，我們當然都叫她崔老師，但是家長們都叫她「催老命」。

2007，兒童育樂中心

地上奇蹟

現在的哆啦A夢，以前叫小叮噹。人生第一本《小叮噹》漫畫是小學一年級看的，怪的是，故事跟現在完全不同。那本漫畫書裡小叮噹的頭不太圓，畫得有些粗糙，而且口袋無法拿出什麼寶貝。反倒是大雄在裡面是個天才，會發明各種東西。還記得其中一篇的情節是：大雄自己做了一個熱汽球，說要用來環遊世界，原理是升空後停止不動，然後地球會自轉，二十四小時就會繞完世界一圈。結果當然可想而知。一直懷疑那個怪怪的版本是臺灣人自己編、自己畫的。

我們這一代的小朋友都愛小叮噹，那個正版會從口袋變出神奇道具的小叮噹。因為我們有太多的小問題無法解決，每個人身邊都有一個特別高大、會欺負人的技安（時常有同學跟我爭辯說叫枝安），都會遇到家裡有錢的阿福同學，當然男生都會喜歡綁馬尾、功課很好的小女生宜靜。

時代進步了，現在的技安會直接跟你要錢，逼你加入幫派，阿福會帶著最貴的手機與平板來學校，宜靜有真人版了，叫陳妍希。但小叮噹的口袋奇蹟仍然只是夢想，時光機與任意門在你我入土前都不會出現。

站立式
嬰兒車

有人會記得小時候用過多少專屬於兒童的東西嗎？印象中，從小學一年級開始我就用大人規格的書桌、床、衣櫃、馬桶，書桌與床，一直用到大學畢業，現在還在老家裡。那時坐汽車也沒有兒童安全座椅，小男生一定會坐在前座看爸爸如何換檔，時常因頭太往前擋住右邊後照鏡而被罵。當年大部分臺北小孩都會學的鋼琴也是標準尺寸的。

若像我一樣從小就是鑰匙兒童，家裡大門外還會放一個小凳子，中午放學回家要站在上面才有辦法用鑰匙開門。媽媽還教我在浴室洗完臉後，要用力往上甩才能將毛巾掛在架子上。

等到自己生了小孩，才發現養大一個孩子所需要買的專用品，大概真得用百萬元來計算。嬰兒時期的床、嬰兒車、搖籃、吃飯椅、洗澡盆就不用說了，現在的兒童還要多買專用手機、平板、自行車、可調高低的書桌椅、行李箱（我們這個年代的男生可都是二十多歲當完兵才第一次出國啊）、看兒童劇……先別管「兒童專用」了，你聽過努力工作賺錢嗎？

尿尿小童

有人賣血，但聽過有人賣尿嗎？我讀國中時，全校男生都賣過。明明就是公立學校，但不知為何那麼缺錢，有廠商說要來收購我們的尿，而且是長期收購，結果所有廁所的小便斗旁都放了一個塑膠桶，然後校方把原來的小便斗用塑膠布蓋起來，要求大家全部尿在桶子裡。這樣廠商才能收到貨。

但是到底我們的尿被拿去做什麼呢？有人說童子尿很補，但我們又不是童子，早已進入每天性幻想的青春期，尿應該很骯髒。又有一位同學說，小孩子的尿可以做成治心臟病的藥。當時不知道是真是假，但這位同學後來考上建中、臺大醫科，現在可是臺大的內科醫生，這麼厲害的人講的應該是真的吧。

真相為何，無法證實，我只記得那時候每間廁所都好臭，負責掃廁所的同學還會惡搞，把鹽酸倒進尿桶裡，這樣拿去做藥，應該算強力特效藥吧。

西門町

當學生的年代，西門町與中華商場我竟然只去過三次。這對一個自稱是臺北人又常常蹺課的學生來說，實在是不太光彩的事。

第一次好像是小學時，跟一位女同學去來來百貨樓上的電影院看《異形》，看完後還很帥氣的在路邊就招計程車回天母，車資不到一百元。

第二次是國中時，跟同學去當時很流行的迪斯可舞廳開眼界，雖然那時最有名的是中泰賓館的Kiss，但同學帶我去獅子林大樓裡的Penthouse。一進去真的有點嚇到，平常在家聽音樂把聲音調大一點就很爽了，沒想到這裡的低音能把桌子上的水杯都震出波紋來，耳膜也快爆了，耳屎在裡面跳動。來之前，同學還提醒我要帶紙跟筆，我不解地想：到這種地方還要寫功課抄筆記嗎？同學回答：「要抄女生的電話。」結果可想而知，兩個戴眼鏡的瘦弱國中生，誰會給你電話啊。

第三次是高中時，覺得學校賣的卡其制服顏色很深很土，想用訂做的，既然要訂做當然就要做顏色特別淺的，已經不記得是在中華商場哪一家店，只記得當時店裡還有一位景美女中的學生也來訂做黑色制服長褲，老闆問她要打幾折，她想了想說：「打八折好了。」店裡的人都笑出聲來，人家是問褲子口袋旁邊要打一折還是兩折，不是價錢啦。

吹笛子

姊姊的小孩讀小學，放學回家後拿著笛子練習，說學校要考試。真沒想到過了三十年，小學生音樂課還是要吹笛子，但大家好像都是勉強把音吹全了，老師也就給了及格，我還真的沒聽過這種笛子發出美妙的音樂，也沒遇過長大後還記得指法的人。唯一有收穫的，應該是幾十年來賣笛子的公司吧。

學校選擇笛子大概就是便宜、簡單、方便攜帶。一位跟我同齡的表姊讀國中時，音樂老師竟然要大家學吉他，表姊因為越區就讀，有音樂課時要帶著吉他從天母擠公車去臺北車站附近上課，這實在太折磨人了。

或許笛子還不夠簡單、不夠輕巧，前一陣子流行陶笛，只有四個孔，手掌一半大，可隨時掛在胸前，一首〈天賜歡樂〉風靡全臺，一個三十歲的年輕人到處開專賣店，還親自去學校教學推廣，大家吹來吹去都是〈森林奇遇記〉加〈天賜歡樂〉那幾首，旁人聽得都快抓狂。

不知道這些孩子長大後還會不會帶著陶笛浪漫的即興演奏，但據說賣陶笛的年輕人幾年內賺了一大筆，還花五百萬把老家裝潢了一番。

阿度仔

第一次跟外國人接觸，是在小學一年級的時候，我們全家在等公車，位置就在中山北路五段與士林中正路口那邊，現在的麥當勞當年應該是賣福樂冰淇淋的。站牌旁有一個教堂，好像在門口貼了一張什麼免費學英語的告示，我媽看了就帶我與姊姊進去報名。教會裡的人都是老外，應該是牧師與牧師娘，負責上課的是他們兩個年輕的兒子。

現在回想起來，這真是一種奇遇，一個英文二十六個字母都不會的小孩，被丟去給不會中文的老外教。

上課內容幾乎全忘了，只記得兩件事：他們給了我一個英文名字，叫Kenny；還有就是有次上課，老師帶我們到陽臺看車子，教我們英文單字，看到摩托車經過就教我們念「摸、特、賽、摳」，全班聽到「賽」這個跟臺語「屎」的發音一樣，就一直笑一直笑，笑到老師都教不下去了，但他還是搞不懂我們到底在笑什麼。

小學一年級就學英文有用嗎？有次我一個人在家，兩個穿襯衫打領帶的老外按門鈴，當年可不是滿街都是詐騙與壞人的，我就開門了，他們問我大人在不在，我還很老實的搖搖頭，然後他們就拿了幾張紙給我，是關於要相信上帝之類的吧，還用怪怪的中文說：「妹妹，把這張給把爸爸媽媽看喔。」外國人大概真的分不清東方小孩的性別吧，而且我那時穿著學校的藍色體育服啊！當時我心中一直很想用剛學會的英文回答說：「I am a boy, not a girl.」但最後還是沒有勇氣開口。

2010，龍山寺

養孩子
不如養貓

小時候住天母，小學裡每個年級都有十個班，每個班都有四十多位同學，後來要入學的人越來越多，附近又蓋了兩間學校，有些住得較遠的同學就轉學走了。國中時，每個年級竟然有二十多個班，有些「升學班」因為許多家長靠關說想擠進來，一班竟然有六十人，第一排同學的桌子頂到講臺，最後一排同學的椅背貼著教室後牆。

那時大家都知道，人最多的學校是永和的秀朗國小，全盛時期有兩百多個班，一萬多名學生，連國外電視臺都來採訪。到現在，只剩下三分之一了。

放學時的情況也跟著改變，以前是一堆小朋友排路隊慢慢走回家，中間經過文具店與電動間就進去貢獻一點零用錢，現在放學則以「走路菲傭」、「鐵馬阿公」、你媽是機車還是汽車來分路線，學校圍牆外還設專門等待區。不然就是直接擠上安親班的違規廂型車。雖然造成些許交通堵塞，但放學後十分鐘，所有人就疏散完畢。

學生數越來越少是因為臺北的年輕人不愛結婚，不愛生小孩，寧可養寵物也不想養小孩。生了小孩也沒時間帶，那就交給阿媽帶。這年頭，背著貓出門比背小孩出門拉風多了。

2010，龍山寺

臺北人
生
臺北人

到底應該幾歲生小孩才對呢？記得小時候看過一則衛教廣告，那是還在宣導「兩個孩子恰恰好，一個不嫌少，男孩女孩一樣好」的年代，內容是勸大家不要太早結婚，還寫明了適婚年齡是男生二十八歲，女生二十五歲，結婚三年以後再生小孩。由此可知那個時候，什麼都要管的政府希望女人在二十八歲的時候生小孩。

現在政府什麼都管不動了，新女性二十八歲連結婚的打算都還沒有，甚至有的人還想重新回去學校念研究所，或是去國外打工度假。生小孩？十年後再說吧。不過通常十年後想生就很難生得出來了。不像報紙上寫的國中生那樣，初嘗禁果就懷孕，十個月後大家只覺得她變胖了，去上個廁所就生出來了，還白白胖胖的很健康。

其實只要看小孩的數量與組成，就可以猜到父母的社經地位了，那種生了龍鳳雙胞胎的，大多是收入不錯的經理級夫妻，因為都是高齡去找醫師做試管，畢其功於一役，一次懷孕生兩個，有男又有女。

至於生三個或四個的，大概都是嫁入豪門，反正不怕養不起，又能在幾十年後將財產分配的分母數增加。至於那種為了生出一個兒子而不惜代價連生五、六個女兒的，應該絕跡了。

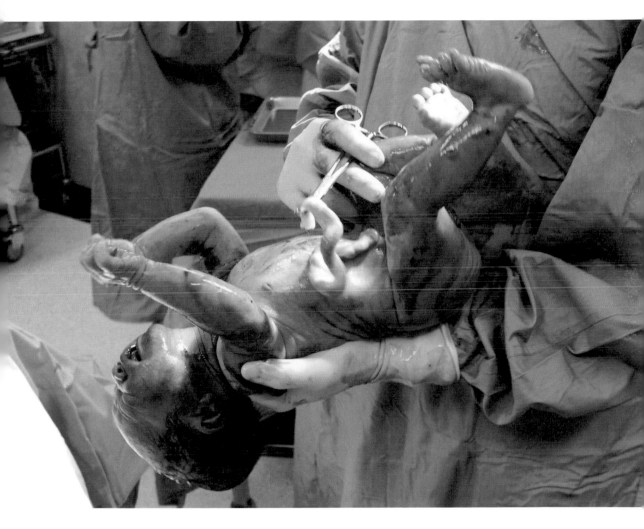

2013，臺安醫院

第三章／chapter 3

誰知
民間疾苦

無殼
蝸牛

無殼蝸牛占領忠孝東路的兩年前，老爸在臺北市中心買了一間房子，那時一坪好像十萬吧，還是小建設公司的預售屋。親戚朋友都說好貴不要買，但老爸執意要買，因為那間公寓離爸媽上班的地方都很近，走路就到。

付了訂金簽約之後，房價竟然開始飆漲，每個月去看，每坪單價又變高了，等到一年後蓋好，要再買的話，價格竟已要快兩倍。

拍這張照片時我只是個高中生，房價多少對我來說一點都不重要，我只是帶著相機去湊熱鬧而已。相片裡的夫妻不知道經過奮鬥之後有沒有買到房子，但發起活動的主辦人倒是很奮鬥，成了資本家，應該什麼房子都買得起了，所以再也沒有類似的占領運動了。

如果那個時候的房價算是高到需要上萬人去睡忠孝東路抗議，那現在的房價大概可以直接在竹竿上綁菜刀殺進總統府了。

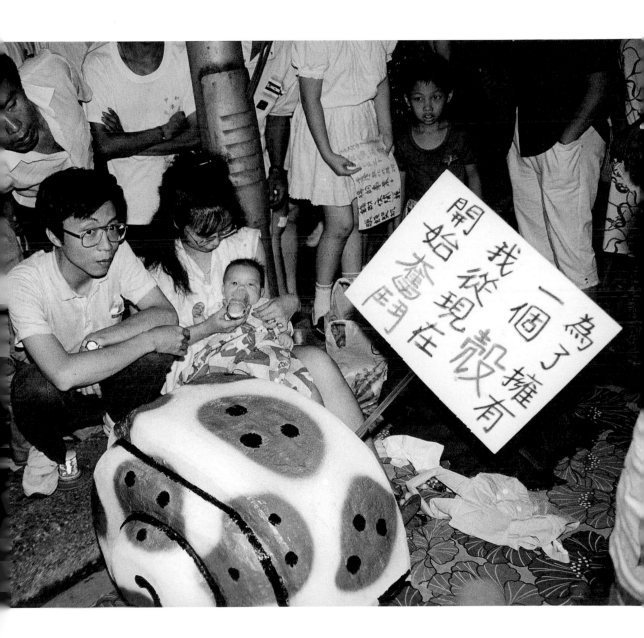

最佳
助選員

一九九四年的臺北市只有一個字可形容——亂。捷運正在施工，忠孝東路與復興南北路挖得坑坑洞洞，永遠都在塞車——政府直接告訴你，這是交通黑暗期，忍耐吧。另外還冒出了一本叫《一九九五閏八月》的書，說是到了一九九五年八月的時候，臺灣就會被中國解放軍血洗，搞的人心惶惶。結果一堆人真的移民逃難去了，包括作者自己，當然作者是因為版稅賺了一大堆，要去美國享福了。

再來就是臺北市長選舉，黃藍綠一團混戰，連坐計程車前要挑對司機，不然會被踹下車。那時候的阿扁已是媒體寵兒，隨便講幾句話就有電視新聞全國播放，不然就自己辦個萬人造勢晚會，老掉牙的公辦政見會根本懶得參加。

因為是公辦，所以一切依法行事，候選人沒來，那二十分鐘的流程照樣要走完，因為萬一剩下五分鐘他突然現身，還是有權利上臺講完剩下的時間。雖然民進黨的阿扁未現身，但總有一位天下為公的國民黨總理默默地幫他站臺，難怪人家可以順利選上市長，最後還當上總統。

1994，龍安國小

無翼
鳥人

攝影課的作業是要拍一種特別的工作。老師說，自己去找，重點是畫面要特別。大樓外洗窗戶的應該夠特別了吧？沒網路的年代，打開電話簿查商家電話（現在好像連電話簿都消失了），打過去直接跟老闆說我是學生，要交作業，要拍照，請問明天你們在哪一棟大樓工作？

當時也還沒有手機，無法先跟工人約好，反正第二天去那棟樓看到人行道在下雨就是了。到了樓下，跟警衛說要去頂樓找洗窗戶的，竟然就直接讓我上樓了，我想可能是拍照的人打扮得跟工人也差不了多少。

本來有點擔心工人們會因為我沒有安全裝備而不讓我靠近拍照。一到頂樓嚇了一跳，工人只有一個，年紀比我還小，應該不到十八歲，沒有安全帽沒有工作服，穿著雨衣拖鞋就在高樓圍牆上走來走去，而且竟然連安全繩也沒有，真是藝高人膽大！表明來意，他什麼也沒問，也讓我在毫無裝備的情況下，跟著他爬進吊籠裡一起工作。

當年也沒想過危不危險，只覺得可以吊在半空中拍照，很帥。

1995，金山南路

民進亂黨

姊姊讀銘傳商專,當時還沒改制成大學,她說他們的創辦人與校長叫包德明(為何她是創辦銘傳商專而不是德明商專?),同時也是忠黨愛國(當然是忠國民黨)人士。當時的電視新聞都在播民進黨在立法院與馬路上打架鬧事,所以包校長在全校集會的時候,就直接在臺上罵這些人是民進亂黨。

我讀國中時,有一位老師正好相反,同學們都說他是民進黨的。因為他每天帶著一份《民眾日報》進教室,我們寫考卷時他就在講桌前攤開來看,那是第一次知道除了中央聯合中時外,原來還有這麼奇怪的報紙。他還會一直提醒我們,那些一般的報紙寫的都不是真的,而且還會在選舉時暗示我們要回去跟父母說投某某人比較好。還有同學更指證,有一次在電視上看到這位老師走在民進黨的遊行隊伍裡。

某天晚上,老師正好在自己開的補習班上課,他兒子突然打開門說:「爸,電視上正在報說蔣經國死掉了。」老師立刻失去了原本在臺上的威嚴,難掩興奮的立刻就宣布,提早下課,因為他迫不及待要去看電視。

也許他等這一刻等好久了。

免費捷運

有一個公式是，任何東西剛上市，廠商就會辦個一元或免費的活動，然後就會有一堆人為了省下幾百元，甚至只有幾十元，天還沒亮就去排隊，第二天早上就會大排長龍人山人海，電視新聞就會去現場連線，沒吃到買到坐到的民眾就會破口大罵，廠商就會出來道歉說下次辦活動會改進。印象中有一元牛排、一元麵包、一元坐車去宜蘭，當然還有最厲害的，某條捷運剛通車，一個月統統不要錢。可是如果本來沒有要去宜蘭，沒有要去新捷運經過的地方，為何要花那麼多時間去排隊呢？到了那些本來沒有要去的地方繼續吃飯逛街買紀念品，不是花更多錢嗎？

至於為何有那麼多人在上班日也有空閒去貪小便宜？我的理解是，全臺北有好幾萬間店，幾乎每間店面都是租來的，表示會有好幾萬個房東，這些人完全不用上班，光收租就比你的薪水多好幾倍甚至好幾十倍，他們的兒子孫子也可以繼續收租金，一輩子都不用工作。

某天開車經過羅斯福路五段看到一間店面要賣，老婆跟我開始猜要多少錢，覺得大概一千五到兩千萬左右吧，只要咬牙貸款買下來租給小七，以後就可以不用辛苦工作了。懷抱著夢想，我們打了電話問要賣多少，對方回答：「六千萬。」喵的咧！有夢最美，繼續工作賺錢吧。

吐鈔機

農曆年前到銀行換新鈔已成為許多人的習慣。雖然路邊每臺提款機領到的也都是新鈔，而且每家銀行櫃臺都可以換鈔，但是許多老人家就是要在開始換鈔的第一天，去臺灣銀行的總行報到。這好比為了吃壽司飛去日本、為了吃牛排飛去美國一樣，他們覺得，這裡領到的鈔票才是最新最純正的。

老先生雖然帶了一堆鈔票來換，卻沒帶包包。換到新鈔後不知該放哪，銀行大廳裡擠了一堆民眾，把錢放在旁邊椅子上怕被偷，情急之下乾脆往嘴裡塞。

爸媽都教過，錢是細菌最多的東西，摸完要洗手，不過這裡的鈔票肯定是全國最乾淨的，而且能把錢塞進嘴裡，應該很爽。

真面目

對選舉的最早印象是小學時，家裡附近所有電線桿上都貼了候選人的海報，那時好像還沒有亂貼要罰錢這種事。再來就是宣傳車遊街，印象中看過紀政站在車上拱手拜託，地點是中山北路六段。但我們很小就知道選舉的時候，候選人的政見都是在騙人的，至少我們住天母的小朋友都知道。

當年一位姓莊的市議員候選人很有名，說他當選後要在校門口蓋一座天橋橫跨中山北路，因為同學們每天過馬路很危險。可是同學都說，中山北路是蔣總統每天都要經過的路，不可能有天橋，因為總統不能從人家腳底下穿過，而且共匪有可能派人從天橋上丟炸彈下來。

最後姓莊的還是當選了，之後還連任了幾屆，整條中山北路也不曾出現過天橋，雖然總統都換了好幾個，而且他們也不會經過中山北路。

選舉一直在改變，唯一不變的是，政見一樣可以不用兌現，亂插旗子一樣可以不用罰錢。

2000，新生南路

蛋蛋的
哀愁

二〇〇〇年總統大選，阿扁上臺，所有國民黨的忠黨愛國人士無法相信他們竟然無法再執政了，但人家民進黨畢竟是真的贏了，所以只好把矛頭指向主席李登輝，因此發生了黨員要去拆黨部大門的衝突。一開始還算和平，許多現場民眾都是假日出來玩，剛好經過就停下來看熱鬧。警察也很尷尬，因為他們要阻擋許多黨員進入自己的黨部。

突然間，一輛小貨車開了過來，一切就此改變，司機無辜的說，有人訂了一車雞蛋，叫我載到這裡來，卸完貨之後他就趕緊開走了。這些看起來一輩子沒參加過示威遊行的民眾看到雞蛋欣喜若狂，發現原來他們也可以像電視上民進黨的人那樣在街上為所欲為。警察還沒反應過來之前，一卡車的雞蛋就被扔光了。

因為我也來不及反應，所以就直接站在槍林蛋雨中拚命按快門，結果拍到了空中蛋花湯外加全身與相機都中蛋。最後還因為地太滑而摔在地上。一位老杯杯趕緊扶我起來，還一直說對不起，這大概是我遇過最知書達禮的暴民了。

股民睡了

在號子裡拍照最常遇到的問題不是被保全趕出去，也不是被投資人擋住鏡頭罵說不要拍到我，而是被問說，你是記者嗎？有明牌可以跟我報一下嗎？我只能很誠實的說，第一我只是攝影記者，數學很爛；第二我自己沒買過股票，也完全看不懂，我跟你們問明牌還差不多。

雖然對投資與數字一竅不通，但看電視時很喜歡轉到後面的頻道看那些老師分析，什麼鱷魚老師、永遠穿著海軍服的老船長等都很熟，看他們說話的樂趣與看電視購物臺假廠商代表畫唬爛是一樣的。

我最喜歡的是一位叫「第一飆股梁」的，其他老師多少都會講一些技術分析啊，財經新聞與趨勢之類的，但這位梁老師從來不講這些，他只會用罵人的語氣說幾個月前他推薦的某支股票現在已經有十幾根漲停板了，有沒有，有沒有………同樣一件事他可以一直重複講半小時，每天都講，一整年看下來，除了明牌不一樣外，都是用一樣的方式在講，一直講。睡覺前看一看可解失眠之苦。

但這位梁老師最近消失了，大概是發現那麼多支股票都可以賺到好幾根漲停板，自己賺就好了，幹嘛還要上電視喊破喉嚨辛苦工作。

啾咪

一個人去政府機關前罵髒話，一定會被抓走，然後被告侮辱公署，但一百個人一起去罵，一定不會有事，警察還會幫你指揮交通。

一場某工會舉行的抗議活動，讓我見識到原來丟雞蛋也是有專業的。其實丟雞蛋最怕的不是蛋價越來越高，而是有人偷偷丟石頭。因為既然是丟雞蛋而不是汽油彈，就代表這個抗議活動不希望有人受傷流血，但就是會人偷偷丟石頭，而這個人很可能是警察派來故意將和平活動抹黑的，這樣他們才有強制驅離的好理由。

這位極具經驗的抗議活動總指揮也不希望變成暴力活動，因此大喊，不准丟石頭，民眾或許會聽話，但混在其中的警察一定會故意丟，所以總指揮用極為煽動的語氣大喊：「看到旁邊誰丟石頭誰就是抓耙仔，打死他！」「抓耙仔，打死他！打死他！打死他！」現場一片肅殺氣氛。最後果然沒人敢丟石頭，活動和平落幕。

忘了穿
褲子

先聲明，以下說的是真實故事，但跟這張照片一點關係也沒有，兩者相隔十多年，沒有雷同，絕無巧合。

高中時被同學問說要不要去打工，工作內容是坐著數人頭就好，一天就有一千元。這麼好賺，當然要去，結果是去當間諜。當時國民黨的國大代表黨內初選，有參選人懷疑不公，派我們學生去投票所外偷偷計算到底有多少人進去投票。一到現場就覺得怪，因為投票所設在民眾服務社的二樓，非投票者不得上去，我們遠遠的坐在機車上假裝等人聊天，完全不知道樓上在做什麼，只能偷偷拿著紙筆記下上樓總人數，期間有好幾位穿著黑衣服吃檳榔的人一天共上下樓十多次。

投完結束要公開計票，我們就可以上去看了，果然，明明只看到八百多人上去投，開出來的總票數卻有一千多票，當然，某人高票當選。

在還沒有投票權的時候，我就已知道「黨」這個字果真是「尚＋黑」！

五百元便當
真好吃？

有時候，公眾人物只要做了某一件事，這件事就一輩子與他畫上等號。例如當年連戰吃了別人準備的五百元便當之後，從此就被戴上了「含著金湯匙出生、不知民間疾苦」的帽子。臺灣的便當價格從此也有了高低標準，只要便當吃超過五百元，就成為一種奢侈的象徵。

這張照片是後來在國民黨中常會午餐時間拍到的，相信這一次他們吃的一定不是五百元的便當了，那麼貴的便當怎麼會連牙籤都不附？送一套牙刷牙膏都不為過。

又過了幾年，連先生一直沒能在政壇更上層樓，大家漸漸忘了他與便當的關係，他卻在對岸找到舞臺。從那天起，取而代之的是魔音傳腦般的「連爺爺，您回來了，您終於回來了……」

2001，國民黨中央黨部

勞動人錢

每次看到人家領年終獎金就覺得很羨慕，因為有時候一整年的年薪還沒有人家的獎金來得多。剛進入新聞圈時待在小報，就聽聞那些大報的大哥們光是中秋與端午就會多發一個月薪水，年終獎金也常常是四、五個月起跳。小報通常是老闆只為了擁有媒體而經營，要賺錢很難，所以中秋端午就只有屈臣氏禮券五百元。

至於年終，第一年剛進去時才待幾個月，獎金是用零點幾個月計算，幾千元而已。第二年過年前，公司倒閉，當然沒有獎金，資遣費還是去老闆家綁布條抗議才拿到的。

後來換了一家新創刊報社上班，還是小報，第一年一樣，零點幾個月，第二年公司仍然賠錢，老闆說，今年沒有年終獎金，但是如果明年情況好轉，發兩倍。這個大餅畫得豪邁，其實沒人相信。果然第二年，公司倒了，比較幸運的是，老闆發資遣費倒是很大方，除了法定的之外，只要你說出多少天假未休，一律折現。老闆從未經營過媒體，賠了大錢之後大夢初醒，面對一群牛鬼蛇神記者，大概恨不得我們趕快滾吧。

看個屁啊

小學一年級的時候，第一次去總統府前參加元旦升旗典禮。記得前一晚還與媽媽去住在她的同事家裡，因為他們家在忠孝東路，離總統府比較近。到了人家家才發現，我媽好幾位同事都來了，大概因為是公家機關，所以大家都得參加。

早已忘了第二天是怎麼到現場的，也完全想不起有唱國歌與升旗這件事，因為學校每天都要唱國歌與升旗，不知為何還要特地跑這麼遠來做同樣的事。只記得結束散場時，人多得不得了，擠到我快無法呼吸，覺得快要死掉了，死命抓著媽媽的手，最後總算脫困了。

後來當了攝影記者，才又有機會去元旦升旗，不過當然是被指派去工作的，坦白說，這種任務就是拍總統唱國歌與敬禮，如果是國民黨的當總統，那重點就是民進黨主席會不會來參加。如果是民進黨當總統的話，那重點就是總統會不會開口唱國歌。之後的民俗表演活動，都還不如觀眾的反應來得有趣些。

2002，總統府前

記者證

在「記者」還沒在網路上被稱做「妓者」的年代，我也用過這個身分領過幾年薪水。每次去採訪時有保全人員要求檢查記者證時，我都覺得好笑，因為其實根本沒有記者證這種東西。很多人一直以為，要成為正式的記者必須領有一張新聞局之類的單位發的一張證，就像開藥房要有藥師執照，當導遊要通過考試，律師在辦公室裡還要把證書掛出來。

記者證這個東西是不存在的，如果你在新聞現場看到那些記者脖子上掛的看起來很像一回事的證件，不過就是他們公司自己印的服務證加門禁卡，辦公室裡的總機與會計小姐們也都有一張。你想要，自己在家印一張也行，絕無違法的問題。

許多人早已了解箇中好處，所以就自己在家印了許多有記者頭銜的名片與工作證之類的，然後遊走於各個記者會場合，這兒吃一下五星級飯店的點心，那兒拿一些新上市商品的贈品，有時候連活動還沒開始就閃人了，因為要趕去另一個發片會拿CD。

想要國際化一點也行，不用常常看《文茜世界週報》。只要去泰國曼谷玩時，到考山路旁的小攤子，給他一張大頭照與美金兩元，十分鐘之後就有一張記者證，不論是CNN、BBC還是美聯社，任君挑選。

2004，法鼓山臺北道場

吸毒

以前的毒品花樣好像沒這麼多,讀小學與國中時,學校升旗典禮結束後,訓導主任的訓話時常會說:「不可以打速賜康與吸強力膠。」可見那個時候的毒品就是以這兩種為大宗,什麼搖頭丸、安非他命與拉K都沒聽過。

我們這種一路念明星學校的孩子,還真的沒有同學或朋友在碰這些東西,但不小心曾看過有人在吸。

小學六年級時,跟一位同學一起騎腳踏車在公園閒晃,我看到一個國中女生拿了一個塑膠袋對著嘴巴,裡面有黃黃的東西,我就問同學說:「她吃愛玉為何不用拿湯匙?」同學看了一眼回答:「她在吸強力膠啦!」他一看就了解是有原因的,因為他哥哥就讀東南西北其中一間高職,還有在跳八家將,所以他會有這種常識並不奇怪。

我們那時候就是正義的鄉民了,當下決定報警。用公用電話打了一一〇,說某某公園有人吸膠。等了好久,大概有二十分鐘吧,一位肚子很大的警察杯杯騎著野狼機車慢慢過來,我們就跟他比了比那位坐在涼亭裡的女生。他走過去,一把抓起塑膠袋,就一直罵她說年紀輕輕怎麼可以吸這個,罵完後就放她走了。塑膠袋被丟到旁邊的垃圾桶裡,然後就騎車離開了。來了一個吃案的,走了一個吃毒的。

這不是馬總統

蔣中正過世的時候我才兩歲，沒任何記憶。聽父母說，那天晚上真的是雷雨交加，所以課本寫的是真的，至於是不是天地同悲，就不是我們凡人可以理解的了。

那時候全國都沉浸在很悲傷的氣氛裡，大家都帶孝，電視變成黑白的，電影院暫時歇業，娛樂場所不得開門，各機關學校還要去排隊瞻仰遺容痛哭一下，當然有更多人哭是因為恐懼，因為老蔣一死，共產黨就要打過來了。

蔣經國過世的時候我趕上了。當時是國中生，我記得一切正常，該上課還是得去上，反正那時人生只有一件事，就是聯考。印象最深的兩件事：一位電視新聞女主播用孝女白琴的語調在報相關新聞，反而被大家罵太誇張了；另外就是移靈當天，因為學校在士林區，移靈隊伍從榮總出發會經過中山北路，我們全校師生理所當然的要去站在路邊默哀。

我們導師是個隱藏版民進黨人士，當靈車快經過時，路邊許多民眾與學生都跪了下來，只有我們班沒人跪，老師沒要求，誰願意跪在水泥地上啊。等靈車經過福林橋，同學中還有人故意用臺語喊：「過橋喔！」大家很想笑又不敢笑出聲，老師聽到了竟然也沒制止。現在總統民選了，這樣的場景也不再有。倒是民眾夾道歡送「入獄考察」，還比較有可能。

冰的啦！

最近有一個電影，主角豬哥亮去小吃店，點東西時說要「冰的啦」，結果旁邊的小弟以為是臺語的「翻桌啦」，就把人家的店給砸了。其實這種事我們國中時班上常發生，兩個同學吵架但又不敢真的動手打起來，就跑去他的座位把課桌給翻了，國中男生的抽屜是很可怕的，裡面有好幾天前的早餐、沒吃完的便當、發臭的運動服、皺成一堆的考卷等。被翻桌的人當然也會立刻再去翻對方的，有時還會搞錯位子翻到無辜同學的，反正最終結局就是搞得滿地垃圾。

後來我們發現電視上有人學我們這一招。當時老國代還沒退休，又有民進黨員選上增額，所以國民大會開會時一團混亂，有的代表因為鬧事被警察帶走了。晚上開會結束，總統宴請代表，民進黨的黃昭輝因為同志被抓走了還沒放回來很不爽，就把飯桌給掀了，許多老國代穿著西裝沾滿菜湯，滑倒摔在地上。

我覺得小孩子還比較文明一點，至少不會在人家吃飯的時候幹這種事。

年輕
真好

大學時看到一則新聞，說什麼臺灣的病床數嚴重不足，兩百五十人才分到一張病床。我當時想，這樣算是不夠嗎？難道兩百五十人應該要有兩百五十張病床嗎？那晚上大家都不用睡在家裡，去睡醫院的床就好了啊。

這樣的想法算是天龍人的「何不食肉糜」嗎？

不過，「一床難求」這四個字已經跟許多大醫院畫上等號，但只要你有認識醫生，有認識跑醫藥線的記者，奇怪的是，本來說沒有病床的就會突然變出來了。

住在醫院裡最難以接受的，就是一間病房至少會有六個病人，加上來陪的家人，十二個人共用一間浴室廁所，跟現代人的生活習慣實在不符合，生病到要住院已經夠痛苦了，甚至可能就這樣死在醫院裡，難道就不能讓人好過一點嗎？

陪伴的家人也很累，因為醫院總是在病床旁放一張折疊式皮椅，白天是椅子，晚上拉開變成又窄左右肩膀又頂著扶手、睡了會腰酸背痛的床，當初設計病房時，就不能每個單位多加寬個二十公分，讓家人可以睡在真正的床上嗎？

我想那些大官們生病時都住在單人特等病房裡，家人生病時也是找個外傭當看護，健保都快破產了，誰管你陪伴的人睡得好不好呢。

2008，艋舺公園

飛天　遁地
穿牆

第四章／chapter 4

捷運上
做的事

從木柵線通車前被某位市議員說千萬不要坐會掉下來開始，捷運就越蓋越多，坐的人也越來越多，許多本來覺得騎機車才帥、搭公車很土的年輕人，也開始帶著悠遊卡了。

臺北捷運的治安、清潔與讓座大概可稱得上世界第一了——如果你坐過巴黎與紐約地鐵的話——治安好當然是因為無所不在的監視器；讓座則是因為正義魔人總是就在你對面，要是敢不讓座，那德行還沒下車就被PO上網了。至於清潔，那真的歸功於世界少見的不能吃東西，連水都不給喝的規定。

一定是因為捷運上不能做的事太多了，大家反而想找些其他沒有明文規定的事來做一下，例如騎腳踏車、跳街舞、吹冷氣做運動、搞快閃、搞行動藝術、坐在地上打牌、躺在地上耍賴說不要回部隊、偷偷找插座幫手機充電、翻女朋友裙子露屁股等各種行為。

唯一可惜的是，吹樂器的頭香被高雄搶走了。

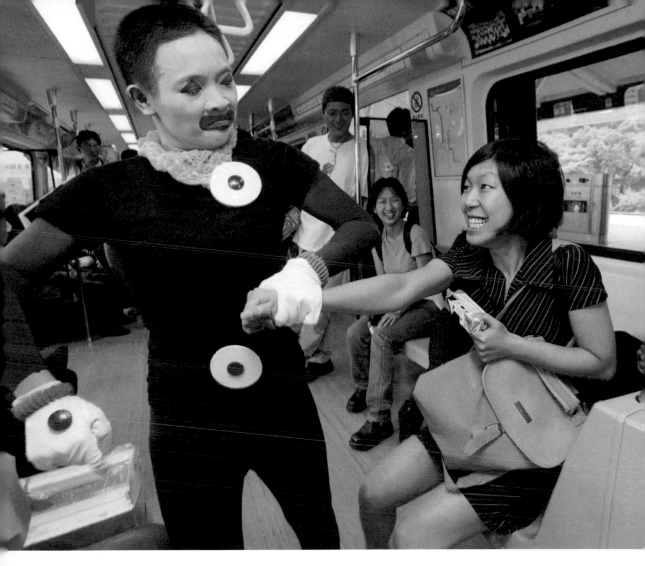

1998，捷運淡水線

有夠機車

很久以前看過一篇張繼高先生寫於民國七十多年的文章，說是政府應該要限制機車數量，因為機車噪音太大，而且也很危險。結果到了現在民國一百多年，這個城市不但沒有任何限制機車數量的法令，也沒有真的規畫住宅或辦公室要有多少數量的機車停車位。許多辦公室密集的地方或學校附近，機車就像蝗蟲一般到處亂竄、找地方停，每條巷子裡的一樓住戶或店面，都要放一些要死不活的盆栽來防止門口被堵住。

雖然臺北捷運與公車已四通八達，但是大家就是要騎，因為油錢比車票便宜，因為可以直接騎到辦公室門口，可以騎到自家樓梯間裡，可以停在賣雞排的前面免下車免脫帽跟老闆說：「要兩塊，要辣不要切。」然後繼續騎去7-11買汽水再回來拿。還可以一手抱著嬰兒一手騎，這樣連安全座椅都免了。

每個人一生，都曾經坐在機車上，都認識一位騎機車摔死的人。

2004，湯城廣場停車場

過路拆橋

所謂的城市建設，大概就是蓋了拆，拆了蓋。臺北市以前曾
有三座大橋，這三座橋並非橫跨河流，而是鐵路，是為了讓
交通順暢，不讓一堆汽機車為了等火車通過而蓋的。現在臺
北市已經沒有平交道了，因為鐵路全部搬到地下去了。所以
橋也就拆光了。

忠孝東路與敦化南路交叉口的叫復旦橋，一九九一年就拆
了，原本陰暗的橋邊突然重見光明，加上捷運站完工，路口
賣蛋糕的老闆娘說，店面價格已漲了兩百倍。

忠孝西路與中山北路口的叫復興橋，以前經過那裡只會注意
到火車站與三十層樓高的大亞百貨，對橋沒什麼印象，這種
陸橋總是灰灰髒髒，永遠車很多。一九九五年也拆了，唯一
可供證明的是現在路口有一間復興橋郵局。

光華橋可就麻煩多了，拖到二〇〇六年才拆，因為那是太多
人的記憶與聚寶盆，買電腦、買舊書、買運動用品、買A片、
買玉、買錄音帶……據說全盛時期，一間只有兩、三坪大的
店面轉讓金要六百萬。

2006，光華橋

6

2006，松江路

走路上班

臺北人的通勤方式一定是全世界最多元的，許多人家裡同時有汽車與機車，然後口袋裡還有悠遊卡，隨時可跳上捷運與公車。加上現在環保當道，越來越多人騎自行車上班。報上常有報導說某某人每天從天母騎到林口或一〇一上班，不過這種人通常是老闆或歪果人總經理，因為只有他們可以不怕遲到，以及在辦公室裡有地方可以洗澡換衣服。

還有一位上報的是每天跑步二十公里去上班的公務員。每天準時九點睡覺，早上四點起床，從信義區跑到新店，風雨無阻。但很不幸的，他是公務員，所以網路新聞底下的鄉民留言都是：「原來我們的公務員這麼閒」、「我九點還在加班耶，這位竟然可以上床睡覺了」、「體力這麼好怎麼不用在工作上，國家付錢給你路跑嗎？」。

唯一還做不到的，就是水路吧。如果有人家住在淡水或八里，辦公室在大稻埕附近，那他可以買一臺水上摩托車來通勤嗎？

專屬車位

在臺北開車找停車位可分成兩種，要錢與不要錢的。

不要錢的：

一、去吃飯就違規停在門口，坐在看得到外面的位子上吃，有拖吊車就衝出去假裝要移開，然後回來繼續吃。

二、開進住宅區的巷子裡，一樓圍牆如果沒有改成鐵捲門，上面寫：「車庫二十四小時進出」，就可以暫停。但此規則僅限臺北市，新北市的住宅區巷弄裡通常有破機車、爛花盆或是曬衣架擺著占位置。

三、人行道常常施工重鋪，剛完成的前幾天還來不及漆上紅線，賺到了趕快停。

四、晚上十點後拖吊車下班，大同世界來臨。

要錢的：

一、公家畫格子的停車位，便宜好停，但規則複雜，收到晚上幾點不一定，一小時多少錢不一定，星期天要不要收錢不一定，用悠遊卡還是人工開單不一定。還有什麼累進費率、限停一小時、卸貨區幾點以後開放小客車可停等，請自己尋找五十公尺外的小告示牌，上面可能會寫得很清楚。

二、私人地下室或空地賺容積率的停車位，要先看清楚是一小時四十元還是半小時四十元，牌子上的「半」字通常很小。印象中看過最貴的是股市上萬點的那一年，六福客棧對面的空地，一小時一百二十元。

三、立體停車塔，但休旅車進不去，且可能停電或故障無法取車甚至失火燒光光。

四、開到五星級飯店門口，鑰匙扔給穿禮服戴帽子的即可，但太爛的車就別丟臉了。

2006，南京東路

望眼欲穿

等公車其實是件很複雜的事。主要可分成「等得到」與「等不到」兩種。

等不到就是脫班，站牌上明明寫班距十分鐘，卻在大太陽下等了半小時。媽的，花錢坐計程車吧！如果遇上抗議遊行與路跑活動，那公車就直接改道了，等到明天才會來。

等得到並不代表坐得到。有時候手揮得不夠高，或是手被停在站牌前的貨車擋住，不然就是司機把車開在最內側的車道懶得切過來，或是我親眼看到的，公車停的離站牌遠了一點，一個學生怕車子不等他，就用跑的，快到後門時，竟然摔倒，全身趴在水溝蓋上，然後車子就開走了。

曾經有位公車達人被採訪時說，從公館去動物園，搭捷運的話，要去火車站與忠孝復興轉兩次車，坐公車的話，一趟車一段票就到了，所以他覺得大家應該多坐公車，而不是一直認為捷運一定比較快。他說的是沒錯，有了捷運之後，許多人腦袋裡的臺北地圖也捷運化了，但為何大家不喜歡坐公車呢？至少我遇過不少人，告訴他去某個地方坐公車比較快，他們還是堅持搭捷運。

我算是常坐公車的人，我覺得大家不想搭公車的原因在於，有些司機很沒耐性。

一、公車司機絕對不會等你上車坐好才起步。某家客運曾經在車廂內貼了塊牌子寫：「請放心，我們會等您坐好後才開車」，才怪！我從來沒遇過這樣的司機，就算司機看到上車的是抱小孩的媽媽或根本站不穩的老人，照樣不會等。

二、有的公車司機不耐煩、會罵人。你去搭捷運，遇到問題站務人員一定會回答，絕對不會罵人；去便利商店買東西，要影印傳真不會操作，店員也不可能罵人。但坐公車，問路線愛理不理，乘客通常都很客氣的問：「請問有沒有到某某地方？」司機通常只會回答：「上來」、「沒有」、「對面」。上車忘了刷卡，下車前忘了按鈴，都可能會挨罵。

2007，貓空

三、最近許多客運公司要求司機要報
站名，許多人都有做，但大多報得不
太甘願，隨便念念，零零落落，口齒
不清。唯一做得比較好的是首都客運
吧，司機比較願意講話，但這些司機每
到聖誕節就被要求穿著聖誕老人裝，曾
坐到一輛車的司機內急，就把車停在一
間學校旁，穿著聖誕老人衣就自己開門
下車，跑去校園裡的廁所尿尿，滿車乘
客看傻了眼。

捷運萬隆站
MRT Wanlong

2012，羅斯福路五段

夾懶蛋

對行人來說，臺北的十字路口是最安全也是最危險的地方。最安全是，大部分的右轉車輛還是會禮讓過馬路的行人先通過，雖然他們幾乎在你一過去就趕快右轉了，保險桿都快擦到小腿了。離開臺北，行人自己看著辦吧。每次開車到南部，右轉時禮讓行人，行人都用不可思議的表情看著我，然後感激涕零很不好意思地趕快過馬路。

最危險的是，臺北公車太多了，行人等紅燈時站得太靠近馬路，很容易被後輪掃到。在報上看過一位高中女學生就是這樣被壓死了。從此我等紅綠燈一定退後好幾步，有公車經過就看看有沒有小朋友站得太靠近，趕快一把拉他過來。

市長若是真的想了解交通問題，應該星期一坐公車上班，星期二坐捷運，星期三走路，星期四騎機車，星期五自己開車，星期六騎自行車，星期天坐在輪椅上給交通局長推，風雨無阻。而不是每天坐著黑頭車到處去剪綵頒獎證婚。

司機很忙

現在臺北的公車司機好可憐，雖然車上早已有自動撥報站名的系統，卻還要一直報站名，聖誕節還要扮成聖誕老人，過年還要帶瓜皮帽取悅乘客，開車還要很慢很慢，時速一超過四十，警報聲就逼逼亂叫，有人叫色狼就一定要把車開去警察局，不然下場比色狼還慘。

我們小時候的公車司機才威風，首先是有美麗但很兇的車掌小姐坐在後面吹哨子開門，轉彎時還會伸出手來當人肉方向燈，最後還可以把車掌小姐娶回家──雖然不一定是事實，但每個小朋友都覺得司機跟車掌一定是夫妻。

後來有了自動門，車掌一夜之間消失了，司機要自己剪票收錢，事情開始不單純了。讀國中時，班上同學大多要坐公車，有位司機被同學直接叫成「那個吃票司機」，因為你要投銅板時他會伸手接過去，然後毫不避諱的放進自己口袋，要是拿學生票給他剪，他會多剪一格，然後說第一次剪的只有半格，不算。

公車是真的越來越進步，除了站牌已經開始會告訴你車子多久會來，他們也越來越向航空業看齊，至少他們都用同一種動物來形容乘客。飛機上要準備發餐點了，空姐們私底下就會說：「要餵豬了。」順著走道一路過去丟食物，的確跟餵豬很像。上次在新生南路坐公車，停紅燈時司機把門打開跟旁邊另一輛公車的司機吵架說，都被你載走了，你看我這輛空空的，你那車都在吊豬肉。

在電視上看過屠宰場景象的人，都知道他在說什麼。

頭手不要
伸出車外

小時候坐車，爸媽都會提醒：頭手不要伸出車窗外。因為那時候，許多汽車與公車都沒有冷氣，窗戶都是開著的，小朋友常為了吹風看風景，頭就伸了出去。現在的公車火車捷運高鐵，窗戶都是封死的，想打破還很難，這種提醒就少了些，反倒是有些爸媽開車時還刻意把天窗打開，讓孩子探出頭去玩命。

看過一則很可怕的新聞，一個人開車載著已不省人事的醉漢，大概是要把人扛上車很不容易，所以沒知覺的人被放進乘客座時，頭就掛在車窗外，結果車子開上新生北路高架橋時失控擦撞旁邊燈桿，非自願把頭伸出車窗外的先生脖子就斷了，頭還飛到橋下。

其實開車的人是可以把手伸出車外的，如果你開的是喜美三門或「咪拎」（BMW），窗戶一定要搖下來，這樣路邊的人才可以聽到很大聲的臺客國國歌——鄭秀文〈眉飛色舞〉，然後把刁著菸的手伸出去，如果手腕上還有一隻金色的「裸雷」（勞力士錶），那就更帥氣了。

人在做，天
有沒有在看

曬春聯

我必須坦白說，從小到大，我們家從來沒有貼過那種有上下聯與橫批的春聯，最多就是貼一張寫著「恭賀新禧」或根據當年生肖不同，寫上「馬到成功」之類吉祥話的紅紙，而且都是里長或議員送的，免錢。

還有許多家長會讓小朋友寫，雖然不太好看，掛在家門口也頗有拙趣。但我們家從來沒有這種雅興，首先是因為住公寓，鐵門剛好在轉角處，實在無處可貼。再來就是家裡根本沒人寫書法，也不懂對句，只知道「五月黃梅天」要對「三星白蘭地」，詩詞書畫沒一樣通的，對我們來說，貼春聯好像是外省家庭才會做的事。

高中時，每週都要交一篇週記與書法，週記一定是抄報紙的一週大事，書法我都直接把帖子墊在紙下描，每次都拿九十幾分，覺得自己實在有點偽君子。有兩位同學就很有勇氣的當真小人，他們直接拿黑色奇異筆寫，內容竟然寫著什麼李登輝真偉大，郝柏村我愛你之類的，因為是用奇異筆，所以他們時常在回家的公車上就完成書法作業了。這兩位後來都考上了臺大，難怪我們每位總統都是臺大畢業的。

照片裡的人在「曬春聯」，當然不是用太陽曬，而是用自動門上的風扇吹乾。臺北車站裡有名家寫春聯活動，排隊拿到的民眾利用原本防止冷氣外洩的風扇吹乾。如果有人要送我春聯，我還不知道要貼哪裡，甚至看不懂上面寫的是什麼意思。以後有機會，買塊地，蓋個三合院，也許就會想在大門上貼一幅了。

蛋定

過年就是塞車與賭博，中秋節就是月餅與烤肉，但為何端午節有這麼多花樣呢？包肉粽、吃肉粽、插艾草、戴香包、喝雄黃酒、划龍舟，還有中午立蛋。

划龍舟至少可以練身體與培養團隊默契，吃肉粽反正本來就要吃飯，換個口味而已，其他幾樣也還找得到歷史根據，至於立蛋就真的不知所為何來了，就算依照力學原理，任何時候都可以立，何必非要在端午節呢？

沒關係，當一件沒有意義的事情變成好幾千人一起做，那叫破金氏世界紀錄，也就沒有那麼無聊了。二〇〇五年嘉義辦了一場，一千九百七十二人同時立蛋成功，打破了原來美國人保持的一千兩百九十顆紀錄（端午節不是華人在過的嗎，美國人湊什麼熱鬧啊？），後來科技新貴最多的新竹在二〇一二年又打破紀錄，立了嚇死人的四千兩百四十七顆蛋。端午節正午不是最熱的時候嗎？蛋都快熟了，要動員那麼多學生同時在大太陽底下玩蛋，真是要很有向心力啊！

臺北人應該沒有這麼無聊吧。

人在做，
天並沒有在看

自從林杰樑醫師突然過世之後，我就已經不相信做壞事會有報應這件事了。那些搞有毒食品、假油假原料的人反而都活得好好的不是嗎？至於傳說中那些廟很靈驗的，應該都不是真的，看看每次總統選舉就知道，每個候選人都去同一間廟，但最後還是只有一個人能當選。

人在做，天並沒有在看，但在臺北，監視器一定在看。據說臺北主要路口的監視器已經有車牌辨識系統了，警察不必像以前一樣，把沿路的錄影畫面調出來慢慢看，只需要輸入車號，某輛車在何時經過哪個路口就一目了然。再加上高速公路的電子收費也能辨認車牌，以及電視新聞最愛的行車紀錄器，想要做些小奸小惡的事，例如亂丟垃圾、隨地小便、刮人家車子或鑰匙孔灌快乾膠之類的，真的需要先想一想後果。

2009，龍山寺

舉頭三尺
有神明

要說宗教自由，臺北市新生南路一定是典範，教堂與清真寺比鄰而居，算是世界奇蹟。其實早晨的公園也是，除了運動，還可以看見許多宗教活動。至少看過圍成一圈大家一起讀聖經的、掛著布條練法輪功的、打坐冥想的。

小時候家裡附近有間小廟叫淨光寺，廟前還有一個小花園。那應該是個佛寺，因為我有一次和同學在花園裡玩，結果被一位尼姑叫去幫忙洗一些上面有寫字的壓克力片，那時的小朋友只要被大人吩咐做事，都不敢說不，雖然我們一邊洗一邊念，為什麼我們要聽她的話？洗完之後，她送我們一人兩顆橘子與一頂學校的橘色帽子，而且還是舊的。

除了廟，還有一間位在公寓二樓的教會，外面掛著招牌寫長老教會，但從來沒上去過。唯一參加過與基督教有點關係的活動是去YMCA辦的夏令營，吃飯前都要禱告，五天四夜的活動結束前，還要在營火晚會上唱〈愛的真諦〉，把每個小朋友搞得痛哭流涕。

其實臺北人的信仰是很混搭的，這個月過聖誕節唱金溝悲，下個月過年拜拜點光明燈。瘋完擠死人的媽祖遶境後，就覺得要找個不能講話不准抬頭的地方打禪七，運氣好的話，還可以跟大明星住在一起喔。

海綿寶寶
進香

最近與朋友聊天時問他們一個問題：「你是臺北人嗎？」「是啊。」你知道龍山寺拜什麼嗎？行天宮呢？關渡宮呢？保安宮呢？指南宮呢？……結果是，沒有人全部答對，每個人都答對的只有保安宮，因為有個「保」字，大家都直覺的說是保生大帝，但再問保生大帝是做什麼的，就沒有人答得出來了。

其他的答案都很含糊，而且印象始終停留在小時候。例如關渡宮是看電動花燈的，指南宮有可怕的樓梯，但因為大家都說情侶去了會分手，就再也沒去過了。

其實大家都答不出來也是有原因的，現在廟裡本來就什麼神都有，前面後面左邊右邊樓上後山，還有大雄寶殿凌霄寶殿，收驚求財求姻緣等服務，來一次想拜什麼都有，光明燈更是大量供應，頗有現在大賣場一次購足的風格。

至於更艱深的例如「宮」、「廟」、「寺」、「精舍」、「壇」、「府」到底該如何區別？許多燒香燒了一輩子，或自稱「鞋猴」的人大概也說不出個所以然來。

原子彈炸
土地公

鹽水蜂炮很危險，沖天炮不長眼到處亂飛，所以每個人都包得密不透風。臺北內湖「夜炸土地公」的鞭炮不會亂飛，也不過就是一次把好幾箱的鞭炮放在神轎上一次點燃，然後就是驚天動地的轟然巨響，運氣好的話還可以看見如同原子彈爆炸的蕈狀雲。

我想臺北人算是不怕死的第一名，因為圍觀民眾、扛轎子甚至負責點鞭炮的人都沒有任何防護措施，活動結束後，附近捷運站的車廂內每個人的手機相機頭髮鼻孔耳朵都黑黑的，要洗好幾天才能全部弄乾淨。

一位住內湖的朋友每年都會來參加這個活動，有一年元宵節後隔天剛好被派到美國出差，因為全身都是前一天留下來的火藥味，入境時被機場的安檢人員攔了下來，被帶到小房間全身脫光光搜身。我想，要向美國警察解釋臺北的節慶活動，會把人身上搞得很有自殺炸彈客的味道，還能說服他們而順利通關，英文一定要很厲害才行。

2010，內湖

沒什麼人搶的
頭香

農曆年的除夕夜，快接近半夜十二點時，各家電視新聞一定會現場直播中南部某些廟宇的搶頭香，只見電視畫面裡像是百米短跑又像街頭大亂鬥，一定有人摔倒受傷，一定有人打架，還有原本維持秩序的義工突然冒出來變第一名。

臺北看起來最文明整潔、還有保全趕攤販的行天宮難道不搶嗎？第一年去看，一堆人站在一旁等待，光是法會就舉行到十二點半，這樣還算頭香嗎？法會結束後，主持人還跟大家說，頭香不用搶，每個人自己今年的第一炷香都是頭香，跟電視上那種廟方還發獎金鼓勵大家搶的景象完全不同。等到法會一結束，只有兩個人衝上前，其他人根本不在意。

第二年再去看，時間一到，眾人默默地走向前把香放進香爐，竟然沒有半個人搶。這算是天龍國國民的冷漠嗎？

女人香

有一個朋友是在網路公司上班的美女，薪水很高，也很會打扮，但與她碰面時，身上總有香味，不是香水的香，而是燒香拜拜的香。後來細聊才知道，她母親過世了，現在還跟爸爸同住在一間小公寓。爸爸信仰虔誠，家裡有個大神桌，每天早晚都要燒香，幾十年來不間斷，而公寓離旁邊的房子很近，不太通風，家裡天花板都被煙燻得黑黑的。

美麗時尚的OL身上有神壇師姐的味道實在有點怪怪的，但怪的不只是味道，她父親後來得了癌症，不久之後她也得了，更可怕的是，家裡的狗也過世了，獸醫說，是癌症。所幸她與父親都發現得早，算是抗癌成功，至於她母親當年是為何去世的，我就不敢再問了。

早晚三炷香，闔家平安，但好像沒有人會先去研究每天把香吸進肺裡到底會怎麼樣。

通往靈界的公車

前陣子透過房屋仲介找房子，出價前要填一份合約之類的，裡面有一項提醒寫著：這間房子在五百公尺內有宮廟或神壇。裡面會寫這個，就代表那對居住品質是有影響的。臺北人口密度這麼高，小廟卻到處都是，巷子內、公寓裡都找得到，裡面總是擺上幾尊神像，整間屋子被香燻得黑黑的，我從來沒搞懂過，去裡面到底要做什麼？

雖然大家平常都有在拜拜，但這些私設的小廟少有附近居民光顧，卻得要忍受他們帶來的不便，例如每隔一段時間，就會貼個告示說，下星期這條巷子大家不要停車，因為要搭棚辦廟會，當然平常的噪音與煙燻早就習慣了。

終於，這一天來了，老婆大人說想生小孩，但一直沒懷孕，說朋友介紹板橋某個神壇很靈，每個去求過的在半年內就懷孕了，最後加一句：「那些朋友有好幾個都是臺大畢業的，人家還不是都信了。」好吧，就當作開眼界，去看看吧。

一去果然，裡面一堆臉孔被燻黑的神像，黃黃的天花板，昏暗的日光燈，除了一位穿白衣綁馬尾的師姐，其他幾個年輕助手就像是國中輟學生跑去參加八家將的打扮：染髮、拖鞋、刺青、抽菸……沒辦法，來都來了，只好聽他們擺布。

詳細步驟在煙燻得一直咳嗽下很難全部記下來，只記得在好幾張像合約的東西上寫了地址，又簽名蓋手印，然後那些不良少年用沒洗過的手剝了龍眼與雞蛋給我們吃，不知拜了多少次，跪了多少回，最後再燒一堆紙錢後，終於大功告成。

回家第一件事，不是跟老婆上床做人，而是先洗澡洗頭洗衣服，因為身上的味道好像剛參加完遶境進香。

半年後，某天早上老婆尿尿完後跟我說：「懷孕了。」靠，有沒有這麼靈啊。

2010，羅斯福路

第六章／chapter 6

和昨日
吻別

信

一則報導說，一般人使用email的頻率越來越少，因為已被許多即時通訊的方式給取代。人們開始用電子郵件也不過就是這十年的時間，之前大家還說，郵差都沒有信可送了，因為沒有人用紙筆寫信，連賀年卡聖誕卡都改用電子版。生日那天能收到幾張卡片？在臉書上一天收到好幾百個生日快樂比較過癮吧！但其實很多人根本完全不認識。

雖然只要打個卡，所有朋友就知道你去哪裡玩，但寄風景明信片倒是許多人的樂趣，旅行時人總是比較懷舊浪漫，有些人出國甚至會寫明信片給自己，回到家後，打開信箱檢驗成績與各國郵政效率。

至於一般明信片，許多年輕人大概從來沒寫過，甚至不知道有這種東西存在。臺灣曾經有一度明信片缺貨，原因是股市。當年上萬點時，大家都在買股票，有些將上市的只要買到就漲，漲了就賣，立刻賺錢，但大家都想買到，只好用抽籤的方式。

抽籤要寄明信片去抽，而且不限每人張數，當時一張明信片好像只要一點五元，買個幾百張寄去增加中獎機率也花不了多少錢，造成明信片大缺貨。因為買不到明信片，當時還聽到一個廣播節目的主持人，教大家用卡紙貼郵票當成明信片來用。

現在還有人在用那種白底紅字的標準明信片嗎？

1994，青年公園

1998‧忠孝東路

滿腦子
蛋塔

當兵的時候服役於裝甲部隊，就是有坦克車的地方。連上有個士官，職務是維修砲塔，他的軍服上就繡著「砲塔士」三個字。這位砲塔士很喜歡吃蛋塔，只要有人外出洽公，他就常常請別人帶蛋塔回來，所以大家都改叫他「蛋塔士」。

那時的蛋塔很便宜，了不起十元或十五元一個吧。後來從澳門來了取洋名的蛋塔，從此「塔」變成了「撻」，價格也變成二十八元一個。

至今仍然無法理解，當年為何會有人排隊買蛋塔買到打架，想發財的都去開蛋塔店，然後又統統倒店。從此以後，蛋塔這兩個字已經不再是甜點，而變成了商學教科書裡的專有名詞。引進蛋塔到亞洲的安德魯與瑪嘉烈這對怨偶，大概永遠想不到會有這麼一大。

從那個時候開始，「排隊買好吃的」成為常態，「好餐廳」與「要排隊」畫上了等號，有的名店打電話去訂位，竟然告訴你要下個月才有位子，要是你不甘心去現場排，早上十點去拿號碼牌，他們會說，下午三點再回來看看。

其實「蛋塔熱」從未消失，只是變成了金牛角熱、光明燈熱、永保安康熱、小折熱、馬卡龍熱、黃色小鴨熱……

九二一

應該所有人都會記得那天晚上正在做什麼。

跟大部分的人一樣，我在睡覺，被搖醒，床貼著牆壁，我抬起腳頂著牆，心裡想著，房子應該等一下就垮了，這一生就到此，也算是活得不錯了。

結果房子沒倒，只有大停電，因為那時還是攝影記者，所以習慣性地放著一個裝電池的收音機在床頭。打開一聽，中廣新聞網消息很快，八德路一棟樓倒了。背著相機騎車過去，消防隊已在救人，當然看熱鬧的民眾也一大堆。停電加上不敢待在屋裡，大家都跑出來了。

另外一間倒掉的在新莊，住宅大樓攔腰折斷。之後調查結果出來，八德路那棟是因為一樓裝修破壞結構，新莊則是當初就偷工減料。很多人都說，雖然許多公共建設都有弊案，都會偷工減料，但臺北的學校建築與高架橋等都沒倒，這可以算是盜亦有道嗎？

chapter 6
190

2000，吉林路

雞雞拉卡車

男性生殖器官名稱演進小史：

讀幼稚園的時候，爸媽都教我們說那是「小雞雞」。

小學的時候，同學們都說是「小弟弟」或「小鳥」，拉鍊沒拉還會說「石門水庫沒關」。有些愛罵髒話的會用臺語說「懶叫」。

然後不知從什麼時候開始，有人說那叫「老二」，害我們這種在家真的排行老二的人，每次有人問在家是老幾，都回答得很彆扭。

小學三年級的時候，小男生對下半身越來越有興趣，同學之間常開玩笑的對著別人的小弟弟摸上一把。終於有一天，有人不爽一狀告到老師那裡，老師很嚴肅的在全班面前說這是不可以的，不可以摸人家「小便的地方」。

國中時有了健康教育課，有名的第十四章，我們才學到正式名稱叫「陰莖」。還有同學不知從哪裡弄來的黃色小說，當時的A書還真古典，上面都寫著「那話兒」或「陽具」，於是就有了「下雨天出門要帶雨具，大太陽出門要帶陽具」的笑話。

高中時的英文老師放過洋，教我們取英文名字不要叫Peter或Dick，因為在美國，這兩個字都暗指那話兒。當然他還是有教我們正式名稱叫Penis，只是大家念起來都像花生。

當兵的時候，新學到的是「我有兩枝槍，長短不一樣，一枝打共匪，一枝打姑娘。」

到了最近，周杰倫與郭富城也有貢獻，這年頭，「屌」與「大鵰」也都可以直接出現在報紙標題了。

照片裡就是傳說中的「陰吊神功」，不過這場在馬路邊的表演並沒有吊啞鈴或電視機（當時還是映像管電視機時代，不是液晶電視），而是幾個人一起拉卡車——對，沒錯，就是把繩子綁在小雞雞上拖動卡車。看了就好痛啊……

老師在講
你有沒有在聽

曾經有個股市一直亂漲的年代，據說連賣菜的歐吉桑與買菜的歐巴桑都在討論要買哪一支，那是個連分不清三商行與三商銀的老先生也可以賺到錢的年代。

那時我念高中，一位姓高的英文老師在課堂上毫不避諱地說他靠股票賺了好幾百萬，還炫耀說每天下課都去打保齡球，那時一局要一百多元，每次去都要花上一千多元。此外，他還開了一輛很大的賓士來學校，吹噓說從零加速到時速一百只要七秒，所以同學都叫他賓士高。

這位賓士高真的很愛現，有時會帶著他老婆來學校，然後跟我們說她是當年師大的校花。還說他家頂樓有籃球場與健身房，前籃球國手鄭志龍與朱志清當年都在那裡練球，是他培養出來的，還買牛奶與牛排給他們，所以才長這麼高。

後來再看到他是二十年後在電視上了，學校老師變成補教天王，仍然在玩股票，而且還在雜誌上跟別人喇舌，師大校花已變成「前前妻」，賓士換到第幾輛就不得而知了。

全民口罩

我們這一代沒有戰爭，只有政爭，甚至連打仗的可能性都很低。如果要說從小到大會覺得生命有可能受到影響的事件，大概就只有九二一地震與SARS了。

SARS爆發時，我剛好在待業中，坦白說，真的很羨慕那時被隔離在家的人，因為可以窩在家裡薪水照領，政府還會派人送便當來。

印象中曾在電視上看到一群醫護人員被集體送上遊覽車，載去某個偏遠的公家機關宿舍隔離的恐怖景象，他們的家人都覺得這一去可能真的回不來了。當時的氣氛真有點末日的感覺，一直有人以世紀初歐洲的流感大流行為例，當時只是感冒就死了上千萬人，那找不到原因與解藥的SARS一定會更可怕。

整件事在全民戴口罩之後有點緩和了，口罩工廠日夜趕工讓人人有罩戴，連奶罩工廠都修改規格幫忙生產口罩，反正都是棉布加鬆緊帶的組合。

傳出有人感染的臺北SOGO百貨，在被淨空消毒幾天之後重新開張，還祭出折扣優惠，不逛會死的天龍國貴婦一大早就擠進去搶購，即使一堆媒體在拍也無所謂，因為店員與顧客都戴口罩，也不怕上電視被認出來。

唯一受到影響的，只有賣口紅的吧！

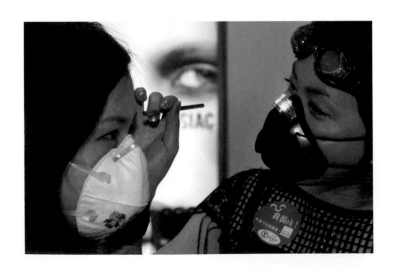

飛吧！

幾十年前，在大家還沒有開始留意身邊的動物時，去過歐洲的人總會說：「那邊的鴿子都不怕人，一大堆聚集在廣場上，還會停在人的肩膀上吃東西。要是在臺灣，早就被抓去烤乳鴿了。」就像以前屏東的伯勞鳥，明明是從北方飛來過冬，卻被我們用網子攔下來吃了。如果城市廣場的鴿子數量與文明相關，那我們應該是有點進步了，目前為止還沒聽過有人把黑面琵鷺與雁鴨烤來吃。

小時候的鴿子並不在空地上出現，而是住在頂樓加蓋的鴿籠裡，每個人家裡附近一定有這樣的屋子，鴿舍總是蓋得很難看。不過也是，人住的頂樓加蓋屋就很醜了，給鴿子住又何必講求美感呢。

每天下午，養鴿人就會放鴿子，站在水塔上揮舞著紅色旗子，據說是讓鴿子們不敢偷懶回來休息，有人是直接放沖天炮嚇牠們，讓牠們不敢回來，直到現在，睡午覺時常被炮聲吵醒，心裡總覺得養鴿子的真是煩人。

臺北老公寓慢慢在改建中，許多頂樓鴿舍已被大樓包圍，新的社區大樓也不可能讓人蓋違建，幾十年後，城市裡沖天炮與鴿子齊飛的景象也將不復存在了。

蛙人操

從小到大我們家都訂《聯合報》，小學時期就開始看。那時報紙只有三大張，印象最深的是國慶日第二天，會有一整版的圖片，都是總統府前軍人踢正步、蛙人操、各式坦克車大砲、飛彈的照片。我沒特別愛國，家裡也沒有當軍人的傳統，但就是會被這些影像所吸引，所有平凡的小男生都喜歡這些東西。如果我當年是喜歡看《紅樓夢》、讀唐詩，玩芭比娃娃，現在一定很有成就。

最近在電視上常播蛙人訓練的紀錄片，其實我們小時候在電影院都看過了，忘了是哪部電影，裡面有天堂路的訓練，每個小男孩也是看得血脈賁張，回家後都在床鋪上玩搶背與匍匐前進——當然沒有人會笨到真的去石頭地上玩。

這些對於阿兵哥的幻想，其實到了當兵時就會自然消失，下部隊前被選兵時，絕對不會有人想去當蛙人，反正我們這種死大專兵又戴著眼鏡，人家根本也不想要。

四貼

跟我同樣年紀的人，大概都經歷過四貼的年代，就是全家四口坐一輛機車，不過小孩長大後還能繼續騎那輛四貼過的機車的人，一定很少。

現在年輕人幾乎都沒騎過老偉士牌，除非是後來為了玩老爺車才特地買來騎。因為當我讀小學時，名流一百與王牌一二五已經開始流行，我們那時都說，長大一定要騎這種帥氣的車，絕不可能騎老爸那種很土的偉士牌或野狼。就像女生的裙子每隔十年就會變長又變短，現在騎這兩種車可是比其他塑膠車更神氣。

等到十八歲考上駕照後，我竟然沒有買當時流行的豪邁或迅光，而是接手老爸的偉士牌，這輛可是我念幼稚園時就有的啊！真的騎著它每天上學，才知道為何那時沒有年輕人要騎。

一是要換檔，而且得用左手換，遇上塞車手真的會抽筋；二是腳踏板不是平的，中間突起，很難放東西；三是椅墊下沒有置物箱，安全帽、雨衣沒得放；四是整輛車重心在後面，載了人很難騎；五是加速慢、極速也很慢，想飆車是不可能的；六是要腳踩發動，載女生時很丟臉。唯一的好處是有備胎，我還真的騎到破胎過，那是個下雨天，穿著雨衣在羅斯福路邊把車子放倒換備胎，換完繼續上路。

十五年的老車最後還是撐不下去，會修的店家越來越少，毛病卻越來越多，大三之後終於將車子報廢，跟隨潮流買了一輛全新的豪邁。

公用電話

關於電話，根據老爸的記憶，以前家裡要裝一隻電話是很貴的，光是申請費用就要一、兩萬元，對多數家庭來說是很大的負擔，不過電話費卻很便宜，那時候打市內只要一元，而且還不限時間，從晚上講到天亮都只要一元。

出門在外有事要聯絡，當然就找公用電話，但其實根本也沒那麼多事，一直到逼逼叫呼叫器出現，Call機響了，趕快找公用電話，常見的景象是，機車騎到一半，腰間皮帶開始震動，低頭看一眼號碼，直接騎上人行道，騎進騎樓裡的公用電話旁，不必下車，撥完號第一句話一定是：「喂，誰叫我？」

呼叫器上的螢幕可以顯示號碼，Call的人如果在辦公室，要知道如何按那個「井」字鍵才能留下分機號碼，但這種技藝早已失傳了。後來偉大的行動電話誕生了，但一開始還是被當初收你室內電話裝機費兩萬元的電信局壟斷，所以依然很貴。記得當初申請一個〇九二的號碼也要一萬元，還要等半年才有號碼，買手機也要一萬多元，那時去排號碼然後轉賣都有利可圖，哪像現在，門號免錢，手機一元。

即使到今日，電信開放，許多荒郊野外卻還是只有中華電信有訊號，而所有家裡的網路不管是任何品牌，還是得用原來那條電話線。最近背著相機走在中正紀念堂附近，那裡也是中華電信大總部所在，一位剛下班的員工看到我的相機就問我：「你是玩攝影的喔？我請教你喔，我有個同事參加公司的攝影社，說光買什麼叫萊卡的相機就花了兩百萬，你覺得有沒有可能？」

正當我在思考他問的是「有沒有器材會貴到要兩百萬，還是一個小職員會有兩百萬的閒錢來買相機？」，他就自己補上一句：「我們的薪水加獎金等收入，是買得起的啦，只是真的有這麼貴的相機嗎？」

我的相機連十萬元都不到，還是在網路商店用二十四期零利率才買得下手的啊！

咒怨

當學生時用過一種東西叫立可白，其實它的正式名稱叫修正液，只是因為第一家賣這種東西的公司的把產品叫做Liquid Paper，臺灣翻成立可白，音義都合，所以那時的學生都這樣叫。

因為立可白人手一罐，又可以塗在任何東西上，於是在當年成為隨處亂寫字的好工具。書包上、課桌椅、廁所牆壁、公車椅背都慘遭毒手，雖然當時已有麥克筆這種東西，但大家就是愛用立可白亂寫，紅色或藍色的罐子，搖一搖，喀啦喀啦，拔開蓋子，寫上誰愛誰、誰是妓女、某某老師賤人之類的。

我們學校的訓導主任對此非常不爽，竟然直接宣布禁用立可白，還會跑進教室檢查書包抽屜，發現一律沒收。

當年用立可白亂寫的人長大後，好像還是改不了這個習慣，只是犯罪工具變成鐵樂士之類的，內容則多了「你要好工人嗎」、「越南新娘包U」（U=優）、「XX總統A錢」之類的……

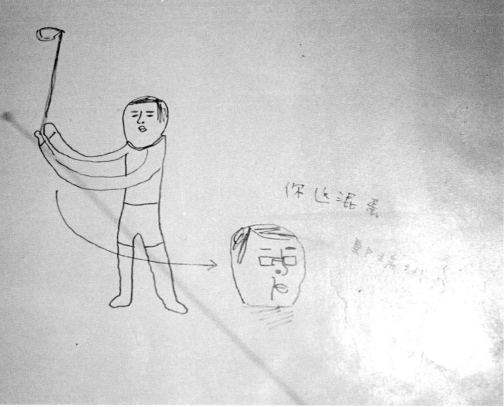

報紙

雖然曾在報社上班，從小到大也很愛看報紙，但我必須承認，好幾年沒有買報紙了。有天早上在一個菜市場買早餐，旁邊有位坐輪椅的先生在賣報紙，想說很久沒買了，買一份來看看，挑了《中國時報》，從口袋掏出剛好十五元銅板，還沒遞過去，老闆就說：「太多了。」我把五元銅板收起來，之前不是漲價到十五了嗎？

我把十元給他後轉身就走，老闆又喊說：「喂！還沒找錢。」我轉回去，他找我兩元。哇！有沒有這麼誇張啊？只要八元？他為什麼不賣十元呢，賣八元扣掉成本還有賺嗎？而且我不相信他漲了兩元人家就不跟他買了，因為便利商店也是這個價錢啊。

有個玩笑話說，以前是文人辦報（聯合、中時），後來是商人辦報（自由），現在是賤人辦報（水果）。老一輩報人的格調大概僅存在這位八元報販身上了吧。

功夫熊貓

小時候動物園在圓山，唯一一次的參觀印象是籠子很小、裡面很臭，看完覺得大象、長頸鹿被關在那麼小的籠子裡好可憐。一九八六年時，動物園搬到木柵，環境比較自然，沒有鐵籠子了。但令我好奇的是，目前在木柵的動物，還有當年曾住過圓山的嗎？

印象中動物園有三次大排長龍的紀錄，一是無尾熊，二是企鵝，三是熊貓。雖然只是個市立單位，但這三種動物就真的全臺灣只有這裡有，南部人要看，乖乖上來吧！坐車坐了好幾個小時，再排隊排好幾個小時，但是只給你看一分鐘，警衛會叫你一直往前走不准停，不然後面好幾千人沒得看。

其實熱潮過了，根本沒什麼人要看，最近去無尾熊與企鵝館，根本沒人。熊貓大概不喜歡爆紅之後被冷落的感覺，只好生個孩子來穩住票房。

狗公腰

每隔一陣子，就會流行一種運動。小時候媽媽每天都會準時下班、回家煮飯，突然某一天開始，每個星期三都很晚才能回來，我們得吃爸爸煮的，因為媽媽要去「跳韻律」——當時真的就是這麼說的，都會把舞字省略。那也是「彎模禿模（one more, two more）」笑話的開始。從此以後，臺北人在冷氣房木頭地板上跟著老師做運動的風潮，就一發不可收拾了。

為了讓大家不覺得到無聊，各種班不斷演進，拳擊有氧、戰鬥有氧、氣功、瑜珈……如果覺得穿運動服很土，那就參加肚皮舞、國標舞、佛朗明哥，可以濃妝豔抹香汗淋漓。不過流行歸流行，能持續學下去然後把原來工作辭掉變成老師的就是那幾個人，早被採訪過一百遍了，所以大部分的人都是學完一樣又去學另一樣，家裡總有一堆舞鞋衣服瑜珈墊放著發霉。

偷看

臺北本來沒有用「族」這個字來分別不同人，因為需要用族來區分的都已經被漢人趕到山上去了。不過幾十年下來，開始有了「上班族」、「外食族」、「開車族」、「飆車族」、「單身貴族」與吃檳榔的「紅唇族」，一直到最近又有新的，叫「低頭族」，坐車時低頭，過馬路時低頭，吃飯時拍完照後又開始低頭。

有人提醒，走路時一直低頭看螢幕是很危險滴，或許是比較容易跌倒或踩到狗大便，但事實上，低頭族過馬路時可能還比較安全，因為駕駛看到你完全無視來車，只好乖乖讓你先過。

除非，開車的人也是低頭族。如果不巧兩位又互相是FB朋友（雖然實際上可能根本不認識），於是兩個人就會一起打卡，螢幕又一起顯示「啊，我撞到人了」以及「啊，我被車撞了」。

只有「智障型手機」的人在捷運上還是可以當低頭族，那就是低頭看隔壁的人在看什麼。雖然這樣偷看別人的東西好像很沒有禮貌，但我發現，被看的人其實很少注意到被偷看了，因為大家都太專注於小小的螢幕了。

依照智慧型手機與平板電腦的發展趨勢，低頭族只會越來越多，每天低頭的時間也會越來越長。

其實低頭族還是有抬頭的時候，就是睡覺前躺在床上看FB的時候。

2010，關渡宮

Origin 系列 002

臺北人

PEOPLE
IN
TAIPEI

作　　　者－吳毅平
主　　　編－陳信宏
責任編輯－尹蘊雯
責任企畫－曾睦涵
美術設計－楊啟巽工作室ycs7611@ms21.hinet.net
董 事 長－孫思照
總 經 理－趙政岷
總 編 輯－李采洪
出 版 者－時報文化出版企業股份有限公司
　　　　　10803　臺北市和平西路3段240號3樓
　　　　　發行專線－（02）2306-6842
　　　　　讀者服務專線－0800-231-705．（02）2304-7103
　　　　　讀者服務傳真－（02）2304-6858
　　　　　郵撥－19344724時報文化出版公司
　　　　　信箱－臺北郵政79～99信箱
時報悅讀網－http://www.readingtimes.com.tw
電子郵件信箱－newlife@readingtimes.com.tw
時報出版愛讀者粉絲團－https://www.facebook.com/readingtimes.2
法律顧問－理律法律事務所 陳長文律師、李念祖律師
印　　　刷－詠豐印刷有限公司
初版一刷－2014年2月14日
定　　　價－新台幣480元

ISBN　978-957-13-5890-1
Printed in Taiwan

國家圖書館出版品預行編目資料

臺北人/吳毅平著;
 -- 初版. – 臺北市：時報文化, 2014.02
面；　公分. -- (Origin；002)
ISBN 978-957-13-5890-1 (平裝)
855　　　　　　　　102027868